Ian Yery
und der Hardcore Absolute Beginner

**KOOKY ROOSTER,** Autorin aus Österreich, fabriziert homoerotische Liebesromane mit Witz und Charme. Ihre eindrücklichen Bilder und kreative Metaphern jagen den Leser über eine wahre Gefühlsachterbahn. Sie beschreibt die Welt in ihrer Hässlichkeit und verweist auf das Potential der Liebe. Ihre Helden agieren herzerfrischend menschlich und geraten in Peinlichkeiten und Missverständnisse. Dabei kommen Lust und Leidenschaft nicht zu kurz – ihre Texte berauschen durch heiße Liebesszenen.

**KOOKY ROOSTER**

# IAN YERY
## UND DER HARDCORE ABSOLUTE BEGINNER

Bibliografische Information der Deutschen
Nationalbibliothek:
Die Deutsche Nationalbibliothek verzeichnet diese
Publikation in der Deutschen Nationalbibliografie;
detaillierte bibliografische Daten sind im Internet über
http://dnb.dnb.de abrufbar.

© 2016 Kooky Rooster

Bild: © Kooky Rooster

Herstellung und Verlag:
BoD – Books on Demand, Norderstedt

ISBN: 978-3-7431-1588-0

# 1| Mo & Ian Yery

## ... KRIEGSHELD ...

Mo nahm immer drei Stufen auf einmal, wenn er die alten, abgetretenen Treppen zur Wohnung hochlief. Jeans und T-Shirt waren nass und klebten an seiner verschwitzten Haut. Mairegen. Ihm fiel ein, dass seine Mutter immer behauptet hatte, er wäre nur deswegen so groß, weil er immer im Mairegen joggte. Das war natürlich naturwissenschaftlich gesehen Unsinn – es lag wohl eher an den Genen, denn auch sein Großvater war schon über eins neunzig gewesen. Außerdem joggte er nicht nur im Mairegen, sondern das ganze Jahr über. Ebenso hätte seine Mutter behaupten können, er wäre vom Novembernebel rotblond geworden oder hätte durch Schneeflocken seine Sommersprossen erhalten.

Mo öffnete die hohe, knarrende Tür, von der brauner Lack absplitterte, und ließ seinen Rucksack auf die Armada aus Schuhen und Taschen fallen, die im Flur auf dem Boden herumlagen. Aus Stefans Zimmer drangen Maschinengewehrsalven, Explosionen, Todesschreie ... der übliche Kriegslärm eines Computerspiels. Quittiert wurde das grausame Metzeln von flachen, zynischen Bemerkungen. Mo stöhnte genervt und verdrehte die Augen. In Socken schlurfte er übers Parkett, zupfte an seinen nassen Sachen und streckte den Kopf ins Krisengebiet. Dicke Nebelschwaden krochen über ein Schlachtfeld aus leeren Pizzakartons, Chipspackungen, Limonadeflaschen und Schmutzwäsche. Es roch nach Verderben, Nikotin, Verwesung und Schweiß.

»Guten Morgen!«, rief Mo, obwohl es bereits neunzehn Uhr war, und zollte damit Stefans Tagesrhythmus Respekt. Aus den Tiefen des Raumes tauchte eine zierliche Gestalt auf und wankte mit steifen Gliedern ungelenk auf ihn zu wie ein Zombie. Stefan wog hundertzwanzig Kilo, er konnte es nicht sein. Blieb nur noch ...

»Judith?«

»Guten Morgen, Mo. Du musst dir unbedingt was ansehen«, grölte sie über den Lärm von Maschinenpistolen und dräuenden Bassklängen hinweg, die das Szenario dramatisch untermalten.

Sie schüttelte Arme und Beine aus und schrie: »Mah, mir ist alles eingeschlafen!«

Mo bekam von diesem Sound immer leichte Bauchschmerzen, ähnlich wie vor einem Gewitter. Obwohl Judith hübsch, zierlich und klug war, hatte sie vor einigen Wochen etwas mit Stefan angefangen, der in allem so ziemlich das Gegenteil von allem war, was Frauen (oder Männer) für gewöhnlich gut fanden. Aber Judith war nicht gewöhnlich. Eigentlich passten die beiden gut zusammen. Wer nicht hierher passte, war Mo.

»Soll ich die UNO anrufen?«, rief er, stülpte sich den Kragen seines T-Shirts über die Nase und hustete demonstrativ.

»Haha, sehr witzig«, schrie Judith und trieb wieder in die Tiefen der Nebelschwaden ab, in der fixen Annahme, Mo würde ihr folgen.

Doch statt sie zur Kommandozentrale zu begleiten, stakste er über Müll und getragene Kleidung hinweg zum Fenster. Ratsch – riss er den Vorhang zur Seite und Licht flutete den düsteren Raum. Die beiden Strategen an der Front rebellierten mit einem einhelligen Schrei.

»Mach das zu!«, kreischten Judith und Stefan im Chor und zogen dabei die Schultern synchron hoch.

»Ihr seid Soldaten, keine Vampire!«, rief Mo kopfschüttelnd und öffnete das Fenster. Frische kühle Luft blies ihm ins Gesicht und der Duft von nassem Gras und Mauerwerk drang in seine Nase. In einer theatralischen Geste neigte er sich hinaus in den Frühlingsregen und holte hörbar Luft, ganz so, als wäre er beinahe an einer Rauchgasvergiftung krepiert.

»Mo, du musst dir das ansehen!«, brüllte Stefan, ohne dabei vom Bildschirm wegzusehen.

»Das ist vergebene Liebesmüh, Leute, und das wisst ihr. Ich kann mit dem Scheiß nichts anfangen!«, erklärte Mo über den Krach hinweg.

Ständig nervten ihn seine Mitbewohner mit diesen Computerspielen, erzählten ihm von der – seiner Meinung nach – einfallslosen Handlung, oder weihten ihn in angeblich raffinierte Strategien ein. Untereinander kommunizierten sie diesbezüglich in einer Art Fremdsprache – zumindest verstand Mo von dem Computerspieler-Jargon oft kein Wort. Er verbrachte lieber Zeit in der Natur, vor allem in den Bergen, an Felswänden, oder kraxelte in der Halle an Kletterwänden hoch. Da er sich bei der Arbeit eingesperrt fühlte, dort ohnehin an Computer und Geräte gefesselt war, wollte er in seiner Freizeit nichts mehr damit zu tun haben.

»Aber das musst du dir ansehen, Mo!«, schrie Judith und kam erst jetzt auf die glorreiche Idee, Stefan zu befehlen, die Lautsprecher etwas leiser zu drehen.

Die plötzliche Stille ließ die Wände zusammenrücken. Mit einem demonstrativ genervten Seufzen tappte Mo zur Einsatzzentrale der aktuell ruhenden Kriegshandlungen. Er schlüpfte aus dem nassen Shirt und benutzte es wie ein Handtuch, um den Schweiß von seinem dampfenden Körper zu wischen. Judith musterte ihn aus dem Augenwinkel, leckte sich über die Lippen und erntete dafür einen beleidigten Blick von Stefan.

»Aaalso, Leute, waaas giiibts«, fragte Mo gelangweilt und blickte überallhin, nur nicht auf den Monitor. Die Plakate an den Wänden zeigten bis zur Unkenntlichkeit gerüstete Soldaten in martialischen Posen, die mit Waffen auf den Betrachter zielten. Wie beruhigend!

»Guck dir das an!«, brabbelte Stefan aufgeregt und klickte wild herum, um eine bestimmte Ansicht aufzurufen. Da Mo mit diesen Das-musst-du-dir-unbedingt-ansehen-Showeinlagen noch nie etwas hatte anfangen können, schaute er gar nicht erst hin. Meist reichte es seinen Mitbewohnern schon, wenn er ein angetanes *Toll* hervorstieß.

»Toll!« In gespielter Faszination ließ Mo seinen Blick über den Schreibtisch wandern, der aussah wie nach einem Atomangriff. Er war überzogen von einer Ascheschicht und die Tastatur hatte mehrere

Brandlöcher, da sich Stefan angewöhnt hatte, Glimmstängel zwischen den Funktionstasten abzulegen, wenn er beide Hände brauchte. Dort vergaß er sie im Spielstress und erinnerte sich erst durch den beißenden Geruch verbrannten Kunststoffs wieder daran, dass er eigentlich seinen Lungen hatte schaden wollen, nicht der Tastatur.

»Du siehst ja gar nicht hin!«, beschwerte sich Judith und nutzte die Gelegenheit, ihm in die Seite zu kneifen.

Mo wich ihr gekonnt aus. »Sorry, aber ich kann mit dem ganzen Kram echt nix anfangen. Was wollt ihr denn von mir hören?«, fragte er und warf einen flüchtigen Blick auf den Monitor. Irritiert hielt er inne.

»Na? Was sagst du?«, stieß Judith triumphierend aus.

»Irgendwie gruselig, nicht wahr?«, wisperte Stefan ehrfürchtig.

»Spannend, ihr habt also dem Feldwebel mein Aussehen verliehen«, knurrte Mo.

Hin und wieder erlaubten sich die beiden den Scherz, mit den Designmöglichkeiten eines Spiels ihrem *Char* – wie sie es nannten – ihr eigenes Aussehen oder das eines Prominenten oder sogar einer Comicfigur zu verleihen. Meist brauchte man viel Fantasie, um tatsächlich eine Ähnlichkeit feststellen zu können. In diesem Fall aber glaubte Mo sein Spiegelbild zu erblicken, allerdings gekleidet in Tarnanzug und mit einer besorgniserregend großen Waffe in der Hand. Als überzeugter Pazifist gefiel ihm das ganz und gar nicht.

»Alter, das haben nicht *wir* gemacht. Bei dem Spiel kann man seinen Char nicht anpassen – mal davon abgesehen, dass man das mit den üblichen Standardeinstellungen nie so präzise könnte. Das stammt aus den kreativen Köpfen der Spieleschmiede«, verteidigte sich Stefan.

»Ihr wollt mich doch verarschen. Wie funktioniert das? Kann man da sein Passfoto hochladen oder so etwas?«

Stefan erhob sich langsam aus dem knarzenden Drehstuhl und überließ ihn seinem Mitbewohner, der – den Blick wie hypnotisiert auf den Bildschirm gerichtet – auf die körperwarme Sitzfläche sank. Es war wirklich beängstigend, wie verdammt ähnlich die Figur Mo sah – nein, nicht bloß ähnlich, sie sah *exakt* so aus wie er.

»Judith, wo ist die Spielehülle?«, fragte Stephan geschäftig wie ein Sanitäter, der einen Patienten vor einer Ohnmacht bewahren wollte und durchsuchte hektisch die DVD-Hüllen auf dem Schreibtisch. Die Ascheschicht wirbelte hoch und eine stinkende Wolke kroch in Mos Nase. Normalerweise war das ein pikierter Aufschrei wert, doch nun bemerkte er es gar nicht. Diese Ähnlichkeit ...

»Du hattest sie doch vorhin!«, pöbelte Judith ihren Freund an und begann den Boden abzusuchen, indem sie nach und nach Schmutzwäsche und Pizzakartons aufhob, nur um sie wieder auf dieselbe Stelle fallen zu lassen.

»Du hast vorhin wegen der Tastenkombi nachgesehen!«, motzte Stefan zurück und wirbelte noch mehr Staub auf.

»Nein hab ich nicht, weil du ...«

»Ich hab sie!«, rief Stefan euphorisch und hob die Verpackung des Spiels hoch, als wäre sie der Heilige Gral. Ein imaginärer Frauenchor ertönte, und in diesen kurzen Sekunden brach die Sonne durch die Wolken, blinzelte durch das geöffnete Fenster und reflektierte sich goldschimmernd auf der Hülle. Das sah so magisch aus, dass Judith beinahe auf die Knie ging ... vor ihrem weißen Ritter. Oder eher dem schwarzen Ritter mit Marilyn-Manson-T-Shirt und einer fünf Euro XXL-Jogginghose, die, entgegen ihrer Bezeichnung, noch nie zum Laufen getragen worden war.

»Guck mal!«, rief Stefan erregt, und drückte Mo die Hülle in die Hand.

Auf dem Cover prangte ein Foto des Spielcharakters. In der hohen Auflösung des Drucks sah er Mo noch viel ähnlicher.

Das konnte doch nicht sein!

Mos Mundwinkel zuckten. Mal grinste er, dann presste er die Lippen aufeinander und zog die Stirn kraus. Immer wieder schüttelte er ungläubig den Kopf.

»Hast du deine Visage verhökert?«, fragte Judith.

»Man kann seine Visage nicht verhökern«, erklärte Stefan mild lächelnd.

»Kann man sehr wohl!«, erwiderte Judith schnippisch.

»Kann man nicht!«

»Kann man doch!«

»Kann man nicht!«

»Doch!«

»Nein!«
»Oja!«
»Neihein!«
»Leute!«, unterbrach Mo die beiden Streithähne. »Ich hab mich nie irgendwo eintragen, fotografieren oder Ähnliches lassen. Keine Ahnung, woher die meine Visage haben!«
»Vielleicht aus dem Internet?«, mutmaßte Judith.
»Es gibt keine Fotos von mir im Internet.«
Da war sich Mo ganz sicher. Er achtete penibel darauf. Man hatte ihn im Kletterverein schon mehrmals gebeten, Fotos von sich für die Homepage freizugeben, doch er lehnte das rigoros ab. Auch seinem Arbeitgeber hatte er strikt untersagt, Bilder von sich in den Webauftritt einzuflechten. Er war, was seine Internetpräsenz betraf, extrem vorsichtig, manche nannten es sogar paranoid. Mo hatte die Befürchtung, dass jemand Fotos von ihm missbrauchen könnte, um zum Beispiel für Potenzmittel oder Singleportale zu werben. So etwas war vor Jahren mal seinem Ex-Freund passiert. Dieser hatte ein ziemlich heißes Foto von sich in einem Forum veröffentlicht und sich einige Monate später als Treffen-Sie-Boys-aus-Ihrer-Umgebung-Werbemaskottchen wiederentdeckt.
Und jetzt wurde Mos Gesicht tausendfach, wahrscheinlich sogar millionenfach auf der ganzen Welt verbreitet. Mo wurde schlecht.
»Sorry – ich muss mal ...«, brabbelte er und stürzte aus dem Zimmer, um sich gleich darauf im Bad zu übergeben.

Aufgekratzt und kopflos tappte er durch die Wohnung, dann zog er Laufschuhe an und joggte zwei Stunden im strömenden Mairegen.

Es half nicht. Unterwegs hatte er Zeit, darüber nachzudenken und kehrte noch aufgeregter zurück, als er losgesprintet war. Noch schlimmer ging es ihm, als er im Internet stöberte und herausfand, dass sein Gesicht durch die Vermarktung des Spiels und durch Gamer bereits überall verbreitet worden war. Okay – es war nicht wirklich *sein* Gesicht, sondern das dieses Spielcharakters, und immerhin stand nicht Mos Name dabei, sondern *Ian Yery* – so hieß dieser virtuelle Kriegsheld. Wahrscheinlich vermutete auch niemand, dass irgendwo eine reale Person existierte, die genauso aussah wie dieser Charakter. Dennoch. Es war nur eine Frage der Zeit, bis er von Gamern erkannt werden würde.

Zu allem Überfluss arbeitete Mo in einem Copyshop. Schüler und Studenten waren die Hauptkunden, also jene Leute, die am ehesten dieses Spiel zockten. Laut Stefan war es erst vor wenigen Tagen auf den Markt gekommen. Es würde also nur noch eine Angelegenheit von Tagen sein, bis es losging.

»Hey, du siehst ja voll aus wie Ian Yery.«

Was, wenn ihn eines dieser pickeligen Kids mit dem Smartphone aufnahm und das Video oder Foto dann ins Internet stellte? Mo, die Kuriosität, der Freak, der aussah wie eine Computerspielfigur. Panik. Da war er all die Jahre so vorsichtig gewesen, und nun griff die Kralle des Internets doch noch nach ihm.

## ... 150.000.000 LOVER ...

»Stefan, wo ist die Hülle von diesem gottverdammten Spiel!«, brüllte Mo um vier Uhr morgens und stürmte in das finstere Zimmer seines Mitbewohners. Er rüttelte Stefan, der wie ein Gebirgsmassiv vor seinem grellen Bildschirm saß, und erschreckte ihn damit fast zu Tode, da ihn dieser wegen der Kopfhörer nicht hatte kommen hören.

»Alter! Jetzt hab ich deinetwegen verloren!«, motzte Stefan, nachdem er sich von dem ersten Schock erholt hatte.

»Wo ist die Hülle ... das Heft!«, zischte Mo aufgewühlt.

»Hier.« Stefan reichte ihm, wonach er verlangte und brummte: »Krieg dich wieder ein, sonst stirbst du mit fünfunddreißig an einem Herzinfarkt!«

»Der Kandidat dafür bist wohl eher du«, entgegnete Mo und spielte damit nicht nur auf Stefans beeindruckendes Gewicht an, sondern auch auf die Landschaft aus Fast-Food-Verpackungen und Limonadeflaschen.

Stefan schnaubte beleidigt.

Hektisch blätterte Mo durchs Heft, bis nach hinten, wieder bis nach vorne und dann wieder zurück. Er fand nicht, wonach er suchte und grapschte nach der Hülle, untersuchte sie und versuchte, bei der miesen Beleuchtung das Kleingedruckte zu entziffern.

»Was ist denn los, Alter?« Stefan musterte seinen Mitbewohner besorgt.

Mo war weder der Typ, der um diese Uhrzeit wach war, noch jemand, der mit den Nerven runter war.

»Wer hat das Spiel programmiert?«, fragte Mo und fuchtelte wild mit der Hülle herum.

Stefan schnappte danach, drückte seine Finger unter ein blaugelbes Logo und meinte: »Da steht es doch! IM-Games.«

»Nein, ich will nicht den Namen der Firma, sondern den der Person, die das hier programmiert hat. Das Aussehen von Ian Yery ist doch auf dem Mist von jemandem gewachsen! Ich will wissen, auf wessen.«

»Alter, an so einem Spiel arbeiten an die hundert Leute.«

»Hundert?« Mo schnappte nach Luft und riss die Augen auf.

Mit einem langsamen, mitleidigen Blick musterte Stefan ihn, dann drehte er sich zum Monitor. »Ich zeig dir was.«

Wenige Klicks später liefen Namen über den Bildschirm, so wie beim Abspann eines Spielfilms. Es waren auch fast so viele. Mo seufzte geknickt.

»Wozu brauchst du die Namen? Verklag doch gleich die ganze Firma, wenn es dir darum geht«, schlug Stefan vor.

»Ich will nicht klagen. Erstens hab ich keine Kohle dafür. Zweitens wirbelt das erst recht Staub auf. Ich hab mir nur gedacht ... Kannst du das nochmal abspielen?«

»Die Credits?«

»Wenn du damit den Nachspann meinst: ja. Und lass mich zum Computer.«

Um seinen Widerwillen zu demonstrieren, ächzte Stefan als er aufstand und seinem nervigen Mitbewohner den Stuhl überließ.

Mo konzentrierte sich, las all die Namen, versuchte sich zu erinnern und bat Stefan, die Credits noch vier weitere Male abzuspielen.

»Scheiße«, sagte er schließlich enttäuscht und ließ sich gegen die Lehne des Stuhles fallen.

»Darf ich fragen, wonach du suchst?«

»Ich dachte, ich kenne vielleicht zufällig den Programmierer und er hat ...«

»Du glaubst, du kennst den Programmierer? Und was weiter? Dass du ihm so imponiert hast, dass er deinem göttlichen Körper ein Denkmal in einem Spiel setzen wollte?« Gespielt abschätzig musterte Stefan seinen attraktiven Mitbewohner.

»Ich dachte eher an eine Racheaktion. Vielleicht will mir jemand eins auswischen. Ich war in meiner Vergangenheit nicht immer nett zu den Kerlen, mit denen ich was hatte«, erklärte Mo.

»Du warst mal ein Arschloch?«, fragte Stefan gespielt verblüfft.

»Ich war jung und brauchte die Bestätigung!«

»Wir stellen fest, dass wir nicht eingebildet sind«, kommentierte Stefan belustigt, »aber mal davon abgesehen: die Firma ist in Amerika ...«

»Ja, und?« Mo zuckte mit den Schultern. »Ich war immerhin ein Jahr in Amerika.«

»Dir ist aber schon klar, dass allein die USA über 300 Millionen Einwohner hat? Selbst wenn für dich davon nur 150 Millionen interessant sind, denkst du wirklich, dass du ausgerechnet mit einem der Mitarbeiter an diesem Spiel gefickt hast? Ernsthaft!«

»Idiot!«, knurrte Mo, erhob sich und stakste aus dem Zimmer.

## ... ACHT NAMEN ...

»Ich hasse dich«, murmelte Stefan und betrachtete Mos perfekt definierten, nackten Körper, der malerisch und schutzlos auf dem Bett drapiert dalag. Die Sonne kletterte durch die Ritzen der Jalousien und streichelte verwegen Mos Morgenlatte. Der junge Gott schnarchte leise vor sich hin.

Stefan wollte auch so einen Körper haben. *Jeder* wollte so einen Körper haben.

Das Handy auf dem Nachtkasten piepste und vibrierte unter dem unsanften Weckruf, und in die fleischgewordene Ode an den Mann geriet Leben. Mo rieb sich die Augen, gähnte, streckte sich und zeigte damit, dass er noch viel schöner sein konnte. Müde blinzelte er Stefan an und blieb seelenruhig liegen, trotz Erektion. Als wäre es für ihn das Normalste auf der Welt, sich nackt vor seinem (und die Betonung liegt auf) *heterosexuellen* Mitbewohner zu räkeln.

»Was machst du denn da?«, fragte Mo.

Wenn überhaupt, hatte er vielleicht gerade mal zwei Stunden Schlaf hinter sich gebracht.

»Hier«, sagte Stefan knapp und reichte Mo einen Zettel.

»Das ist die Rechnung einer Pizzalieferung! Was soll ich damit?« Während Mo mit kleinen Augen auf den Beleg fokussierte, richtete er sich langsam auf.

»Rückseite«, grunzte Stefan.

Mo drehte das Papier um. Jemand hatte einige Namen und E-Mail-Adressen mit Kugelschreiber draufgekritzelt.

»Was ist das?«, fragte Mo und winkte mit dem Zettel.

»Ich habe recherchiert. Für Entwurf und Ausarbeitung der Grafik sind diese Leute zuständig. Vermutlich ist einer dieser Typen dafür verantwortlich, dass Ian Yery aussieht wie du. Daneben stehen jeweils die E-Mail-Adressen, falls du denen eine Beschwerde zukommen lassen willst.«

Mo überflog die Liste.

»Acht Namen?«, fragte er verwundert.

»Leider konnte ich es nicht weiter eingrenzen.« Stefan wandte sich ab, um aus dem Zimmer zu wackeln. »Ich geh jetzt schlafen, gute Nacht!« Es war halb acht, er hatte den Schlaf mehr als verdient!

## 2| NILS BRENNT

### ... VOR DREI JAHREN ...

Die Sonne knallte auf das Festivalgelände und die Menschenmasse herunter, die über das versengte, staubige Gras trampelte. Auf den Bühnen mühten sich zu dieser Tageszeit unbekannte Bands ab, die zwar wenige, aber eingefleischte Fans hatten, für die sie offenbar die Hauptgigs der Veranstaltung waren. An allen Ecken gab es Stände für Merchandising-Produkte, Fastfood, Schmuck und vieles mehr.

Nils hockte mit seiner Schwester und zwei ihrer Freunde im Schatten eines Lautsprecherturms und beobachtete das Geschehen an der Kletterwand in der Nähe. Schon lange träumte er davon, auch einmal an einer solchen hochzukraxeln. Er hatte zwar Höhenangst, aber man wurde ja gut gesichert, und wenn er nicht runterschaute ...

Nils konnte sich vorstellen, dass es ihm Spaß machen könnte, wie vieles andere auch, das er nicht wagte auszuprobieren. Es sah wirklich geil aus, wenn sich die Kletterprofis an den Griffen hochzogen. Bei ihnen wirkte das so mühelos. Das Spiel der Muskeln und Sehnen unter der glänzenden, sonnengebräunten Haut machte Nils ganz wuschig.

Besonders hatte es ihm ein bestimmter Kletterer angetan, von dem er den Blick einfach nicht lassen konnte. Er war sehr groß, hatte streichholzkurzes, rotblondes Haar, einen Dreitagebart und einen Körper zum Niederknien. Dabei wirkte er sehr freundlich, ausgesprochen nett, und kümmerte sich zuvorkommend um Festivalbesucher, die das mit dem Klettern auch mal versuchen wollten. Wie es schien, war er sehr beliebt bei seinen Kollegen. Er lachte viel, wobei an seinen Augenwinkeln Fältchen entstanden, und er schien vor Energie nur so zu strotzen. Ein schlanker, sehniger Typ, und wenn er gelegentlich eine kleine Pause nutzte, um selbst die Wand hochzuklettern, wirkte es, als trotze er den Gesetzen der Physik – nur das Spiel seiner Muskeln und Sehnen verriet, dass die Schwerkraft auch für ihn existierte.

Der Kerl sah zu Nils runter und lächelte ihn dabei offen und freundlich an. Nils ging nicht davon aus, dass dieses Lächeln ihm gewidmet war. Vermutlich sah der Mann beim Lachen nur rein zufällig in seine Richtung, während er sich über etwas amüsierte, das ein Kunde oder Kollege gerade gesagt hatte. Dennoch fuhr Nils sofort ein Stich durch den Bauch und er erwiderte das Lächeln instinktiv. Verwegen fragte er sich, ob der Mann vielleicht doch ihn gemeint haben könnte. Völlig ausgeschlossen! Warum nur verrannte sich Nils immer in solche Fantasien? Der Kerl hatte ihn wahrscheinlich nicht einmal wahrgenommen. Nils seufzte traurig, konnte den Blick aber dennoch nicht von diesem Mann abwenden.

Nils war neunundzwanzig und dies erst die vierte Veranstaltung dieser Art, die er besuchte, und das auch nur, weil Jana ihn mitgeschleift hatte. Ein Freund von ihr war kurzfristig verhindert, und um die teure Karte nicht verfallen zu lassen, hatte sie ihren Bruder unter Androhung fieser Gemeinheiten dazu genötigt, mitzukommen. Nils hasste den Andrang der Festivalbesucher, hielt sich generell lieber von Menschen fern. Zudem kannte er die Freunde seiner Schwester überhaupt nicht, was ihn unheimlich stresste, da er nicht wusste, wie er sich verhalten sollte. Neue Kontakte zu knüpfen war für ihn nicht nur der blanke Horror, es war ihm ein vollkommenes Rätsel. Er wusste nicht, wie er das anstellen sollte, hatte es irgendwie nie gelernt. Wie sollte er reagieren? Was wurde von ihm erwartet? Sein Selbstvertrauen war seit jeher am Boden und mit den Jahren wurde es eher schlimmer als besser. Er konnte sich einfach nicht vorstellen, dass es jemand interessieren könnte, was er zu sagen hatte und wer er war. Jedes Entgegenkommen bewertete er als Mitleidsgeste, unterstellte seinem Gegenüber, es wäre doch bloß dazu genötigt worden, sich mit ihm abzugeben und zog sich zurück.

Dabei hatte er gar keinen Grund, sich zu verstecken und so verunsichert zu sein. Zumindest behauptete das Jana immer. Laut ihr sah er *ganz schnuckelig* aus. Okay, seine Frisur wirkte etwas altmodisch, fast, als eifere er den Beatles nach, aber es war üppig und glänzte blauschwarz. Angeblich hatte er eine schöne Nase – was auch immer das bedeuten sollte – und einen Mund, der zum Küssen einlud. Aber Jana war eine Frau und obendrein auch noch seine Schwester. Sie musste ja etwas Nettes sagen. Sie konnte nicht wissen, was Männern gefiel – und auf genau die kam es Nils an. Von seinen Lippen sah man außerdem ohnehin nicht viel, da er die meiste

Zeit nervös war und sie so fest aufeinanderpresste, dass es aussah, als hätte er gar keine. Seine graublauen Augen wirkten durch seinen meist eingeschüchterten Blick leicht glupschig.

»Sei doch einfach mal etwas entspannt«, wurde er heute bereits zum x-ten Mal von Jana oder ihren Freunden aufgefordert, aber die hatten leicht reden. Sie fühlten sich wohl, waren interessant, wurden gesehen und ernstgenommen. Sie wussten in jeder Situation, was sie sagen und wie sie reagieren sollten, konnten lockere Scherze machen.

Schon wieder schaute dieser schöne Mann von der Kletterwand herüber und lächelte. Nils' Herz dehnte sich zu einem fast schmerzhaften Schlag, und diese gewisse Aufregung tröpfelte in seinen Bauch. Er versuchte, sich zu beruhigen. Unmöglich konnte der Mann unter den vielen tausend anderen Festivalgästen ausgerechnet ihn meinen. Verlegen, mit rotglühenden, rauschenden Ohren, senkte Nils den Blick, zupfte ein paar vertrocknete Grashalme aus der staubigen, festgetretenen Erde und zwang sich, interessiert zur Bühne zu schauen.

Als er den Blick nach einer Weile erneut zu dem großen, rotblonden Kletterer schweifen ließ, wurde er wieder – oder noch immer? – von ihm angestrahlt. Das war definitiv kein Zufall, der Mann meinte *ihn!* Dennoch, Nils drehte sich nervös um, inspizierte die Leute in seiner unmittelbaren Nähe. Er ging davon aus, dass er sich irrte. Er *musste* sich irren. Der Kerl lächelte bestimmt jemandem zu, der direkt neben oder hinter Nils saß. Doch da war keiner – zumindest keiner, der Blickkontakt zu dem Kletterer herstellte.

Als sich Nils ungläubig wieder umdrehte und den Mann überrascht ansah, amüsierte sich dieser augenscheinlich darüber, dass er sich so verunsichern ließ.

Mittlerweile stand Nils regelrecht unter Strom. Die Aufregung kroch durch jede Faser seines Körpers, sein Herz raste, der Atem ging heftig und sein Schwanz drängte sich gegen den Hosenstall. Rasch schob er seine Weste vor den verräterisch ausgebeulten Schritt. Der Kletterer bemerkte das und lachte auf. Spätestens jetzt war sich Nils sicher, dass dieser Mann wirklich *ihn* ansah und *ihn* anlächelte. Er bekam Panik. Er wünschte sich nichts sehnlicher, als dass dieser Mann seiner Träume einfach auf ihn zukäme, ihm die Hand entgegenstreckte, Nils zu sich hochzöge und ihn zärtlich, bald innig küsste ... alberne Fantasien. Naiv und idiotisch! Nils hatte noch nie geküsst. Noch nicht einmal Händchen gehalten hatte er bis jetzt, geschweige denn Sex gehabt oder auch nur jemanden umarmt. Er schämte sich unglaublich dafür und wenn ein Gespräch auf das Thema sexuelle Anekdoten kam, log er lieber, dass sich die Balken bogen, statt zuzugeben, dass er ein Hardcore Absolute Beginner war.

Näherte sich ihm jemand, bekam er Panik. Dabei wünschte er sich nichts so sehnlich wie Liebe, Sex und alles, was dazugehörte. Er zerbrach langsam daran, dass ihm das versagt blieb. Das Problem war noch nicht einmal, dass er sich nie verliebte – mehr oder weniger war Nils dauernd in irgendeinen Mann verknallt. Er schaffte es bloß nie, einen Schritt auf das entsprechende Objekt seiner Begierde zuzugehen. Vielleicht war Nils auch einfach nur wählerisch. Er wollte nicht *irgendeinen* Mann, der zufällig Gefallen an ihm fand, sondern es musste einer sein, in den er sich verknallt hatte. Nils war daher ein Meister der Flucht und unbeabsichtigter Ignoranz. Den Großteil der Angebote, die er zweifellos erhielt, zumindest wenn er seiner Schwester Glauben schenken wollte, bemerkte er nicht einmal. Jana hatte mit Nils schon oft ein ernstes Wörtchen gesprochen, weil er angeblich jemanden abgewiesen haben sollte, der an ihm interessiert gewesen wäre. Nils argwöhnte allerdings, dass sie das nur erfand, um sein Selbstvertrauen zu puschen. Zumindest hatte er nie etwas von irgendeinem Interesse bemerkt – und selbst wenn, er hätte doch gar nicht gewusst, was er damit anfangen sollte. Mehr oder weniger kam es wohl aufs Gleiche raus – ob er eine Anmache bemerkte oder nicht – am Ende blieb er unberührt.

Diesmal aber bemerkte er sie. Ob der Kletterer jedoch wirklich Interesse an ihm als Mann hatte, konnte Nils nicht deuten. Wäre es ihm vor den Freunden seiner Schwester nicht so peinlich gewesen, hätte er sie um ihre Meinung gebeten. Sie hätte ihm ihre Einschätzung darüber mitteilen können, ob Nils richtig lag und der Kletterer tatsächlich mit ihm flirtete. In dieser Hinsicht wagte Nils nicht, sich auf sein Gefühl zu verlassen, hatte Angst, sich durch eine Fehleinschätzung zu blamieren, selbst wenn sie nur auf der Ebene reiner Spekulation blieb. Da zwischen Nils und dem rotblonden Hünen nicht nur eine Absperrung und eine erhöhte Plattform waren, sondern auch ein paar Meter Abstand und eine Menge

Leute, traute er sich, das Lächeln zu erwidern. Es war das erste Mal in seinem Leben, dass Nils den Mut aufbrachte zu flirten. Es machte Spaß, es wühlte ihn auf, es kitzelte im Bauch und sein Herz jubelte.

Plötzlich machte der Kletterer eine Bewegung mit dem Kopf, die so viel bedeutete wie: Komm her. Nils schluckte und das Lächeln rutschte von seinem Gesicht. Hatte er das richtig verstanden? Hatte dieser Mann ihn eben gebeten, zu ihm hinzukommen? Einfach so?

Nils musste ziemlich schockiert wirken, denn der Kerl zwinkerte ihm zu, als wollte er ihm Mut machen. Er hob die Hand und winkte ihn eindeutig und unmissverständlich zu sich. Nils schüttelte panisch den Kopf. Selbst wenn er gewollt hätte – und irgendwie wollte er ja auch – er hätte gar nicht aufstehen können, so weich waren seine Knie. Der Kletterer zuckte mit den Schultern, als sagte er so etwas wie: Deine Sache, dann eben nicht, und wandte sich dem nächsten Kunden zu.

Nils zerriss es fast das Herz. Er hatte es vermasselt! Aber was hatte er denn vermasselt? Da war doch nichts. Trotzdem fühlte er sich verletzt und ... er vermisste dieses Lächeln, vermisste es, gesehen zu werden, gemeint zu sein. War das nicht total idiotisch?

Plötzlich fasste Nils einen Entschluss. Der Arsch ging ihm auf Grundeis und er hatte so viel Schiss, dass er nicht wusste, ob er es bis zur Kletterwand schaffen würde, ohne ohnmächtig zu werden, aber er wollte es zumindest versuchen. Keine Ahnung, was er dann sagen wollte, oder tun würde. Vielleicht drehte er sich dann ja einfach wieder um und lief weg – aber er wollte sich unbedingt diese Chance geben. Wie von selbst erhob sich sein Körper, um ihn entschlossen zur Kletterwand zu tragen, da sprang seine Schwester hoch, gefolgt von ihren Freunden.

»Gute Idee! Lasst uns was zu essen holen, ich verhungere fast und hier riecht es so affengeil nach fetttriefenden Pommes.« Flankiert von ihren Begleitern rannte sie auch schon los.

Nils wagte nicht, sich dagegen aufzulehnen oder ihr zu sagen, dass er gerade in Begriff gewesen war, zu einem Mann hinzugehen, der ihm von der Ferne aus zugelächelt hatte ... Verdammt! Was bildete er sich bloß ein? Sicher hatte er alles überbewertet und falsch verstanden. Nils drehte sich noch einmal um, blickte zum Kletterturm und hatte plötzlich das Bedürfnis, dem Kerl zum Abschied zu winken. Er hätte sich das zugetraut – aber der Mann war gerade damit beschäftigt, einem Kunden zu helfen den Klettergurt anzulegen. Der Riss der Enttäuschung ging mitten durch Nils hindurch und machte seine Glieder schwer.

Den Rest des Tages ließ sich Nils einfach nur mitschleifen. Wie ein lästiges, vergessenes Anhängsel schlurfte er stets ein bis zwei Meter hinter den anderen her. Als sie gegen Abend wieder in der Nähe der Kletterwand vorbeikamen, war diese verwaist. Offenbar hatte man sie mit Einsetzen der Dunkelheit geschlossen. Die Hauptgigs betraten die Bühne und das Gedrängel wurde unerträglich. In den letzten Stunden mussten noch mehrere tausend weitere Fans hinzugekommen sein. Vermutlich waren auf dem riesigen Festivalgelände um die vielen Bühnen zehntausende Menschen unterwegs. Die Chance, da wieder auf den Kletterer zu treffen, war gleich null, falls dieser überhaupt nach Feierabend hier unterwegs war. Dennoch malte sich Nils aus, was er tun würde, träfe er unvermittelt auf ihn. Vielleicht war es die gute Stimmung oder die aufpeitschende Musik, denn Nils war überzeugt, er würde im Fall des Falles mutig sein und ihn ansprechen. Egal was, er würde irgendetwas sagen. Er musste sich selbst beweisen, dass er es konnte. Doch was, wenn der Kletterer sich dann angewidert von ihm abwendete? Wenn er Nils für peinlich hielt, er davon unangenehm berührt war, von ihm angesprochen worden zu sein? In Nils' Wunschvorstellung fand der Kletterer den stümperhaften Kontaktversuch liebenswert, schloss ihn in die Arme, küsste ihn erst sanft, dann leidenschaftlich …

Die Gruppe um Nils hatte sich vergrößert und war ziemlich gut gelaunt. Die Freunde seiner Schwester hatten Bekannte getroffen, und mit diesen einige Biere gekippt. Nils hielt sich abseits und galt als Spaßbremse und verklemmtes Anhängsel. Die anderen waren angetrunken, grölten und hüpften zur Musik. Obwohl Nils von zehntausenden Menschen umgeben war, fühlte er sich einsam. So allein wie in diesen Stunden, fühlte er sich nicht einmal daheim in seinen eigenen vier Wänden. Er maß sein Versagen am Potential: Hier waren so viele Menschen und er schaffte es nicht, mit auch nur einem von ihnen in Kontakt zu treten. Nicht einmal mit einem der Freunde seiner Schwester.

Plötzlich wurde Nils grob von der Seite angerempelt. Ein Körper prallte kräftig und unsanft gegen seinen. Im Taumel klammerte man sich an ihn, und als Nils gefährlich ins Wanken geriet, da er dem Aufprall wenig entgegensetzen konnte, wurde er aufgefangen und gegen einen erhitzten Körper gepresst. Nils genoss diese Berührung, so grob sie auch war. Vielleicht lag es daran, dass er so ausgehungert nach körperlicher Nähe war, aber dieser fremde Leib übte eine unglaubliche Anziehungskraft auf ihn aus. Nils musste sich zurückhalten, um nicht einfach die Arme um den Fremden zu schlingen und sein Gesicht an dessen Brust zu pressen. Dann hob er den Blick und erstarrte. So mathematisch unwahrscheinlich es auch war, vor ihm stand niemand geringerer, als der Kletterer. Nils hatte gerade, wenn auch nur für wenige Augenblicke, in den Armen dieses Mannes gelegen!

Dem Blick nach zu urteilen war dieser ebenfalls erstaunt, Nils zu sehen. »Na, sieh mal einer an«, rief er und strahlte ihn an.

Aus dieser Nähe wirkte er noch größer. Nils konnte auf der sonnenverbrannten Haut Sommersprossen erkennen und – mh – er roch *so* gut. Sein trainierter Körper strahlte Hitze aus und die hellbraunen Augen funkelten begeistert. Nils konnte nicht anders, als dämlich grinsen. Er erinnerte sich, dass er etwas sagen wollte, irgendetwas, aber sein Hirn war völlig leer. Wüste. Nur einzelne verdorrte Dornenbüsche wurden vom Wind über Sand und Stein gerollt. Sekundenlang standen sie da und grinsten sich an wie Idioten, dann wurde der Kletterer von einem seiner Kollegen am Arm gepackt und fortgezogen. Er verschwand in der Menschenmenge wie ein Stein, den man ins Wasser warf. Hinter ihm schlossen sich die Reihen und Nils stand reglos da, starrte dorthin, wo der rotblonde Hüne verschwunden war und hasste sich selbst dafür, nichts gesagt und diese Chance vertan zu haben, wie immer.

»Was war *das* denn bitte für ein Arschloch?«, grölte ihm seine Schwester ins Ohr und Nils zuckte nur traurig mit den Schultern.

Der Zufall wollte es, dass sie sich an diesem Abend sogar noch ein drittes Mal sahen. Das war, als das Konzert vorüber war und Nils bereits mit Jana und ihren beiden Freunden im Auto saß. Nils, als Einziger nüchtern und fahrtauglich, lenkte den Wagen im Schritttempo durch das Chaos aus parkenden Autos, als der Kletterer mit seinen Kollegen zu Fuß entgegenkam. Er erkannte Nils durch die Windschutzscheibe und ein breites Lächeln schoss in sein Gesicht. Er zwinkerte Nils zu, hob die Hand und winkte zum Gruß. Wie im Reflex reagierte Nils und winkte ebenfalls. Dann wandte sich der Mann wieder seinen Kollegen zu und marschierte lachend und plaudernd weiter.

»Kennst du den?«, fragte Jana.

»Nein«, erklärte Nils wahrheitsgemäß.

»Warum grüßt ihr euch dann?«

»Reflex«, brummte Nils und versank in seinem Sitz.

# 3| Shitstorm

### ... HEUTE ...

Als Nils an diesem Morgen sein E-Mail Konto abrief, fand er nicht weniger als dreiundfünfzig neue Nachrichten von Partnern eines vergangenen Projekts vor. Offenbar hatte es ein Problem mit dem Modell gegeben, das er für ein Spiel kreiert hatte.

Vor beinahe zwei Jahre hatte er über eine Subfirma den Auftrag erhalten, eines seiner 3D-Modelle für ein Computerspiel anzupassen, wo es als Held implementiert werden sollte. Er war durch pures Glück an dieses Projekt geraten, von dem er schon sein Leben lang geträumt hatte.

Nils arbeitete als unbedeutender Grafiker in einer noch unbedeutenderen Agentur und war in erster Linie dafür zuständig, Speisekarten für drittklassige Restaurants zu setzen. Ein äußerst schlecht bezahlter und extrem unbefriedigender Job. Nils hatte mehr drauf, viel mehr, aber er konnte sich einfach nicht verkaufen. Um seine Kreativität und sein Können auszuleben, und weil er ohnedies kein aufregendes Privatleben führte, nutzte er die Freizeit, um Fantasie-Projekte zu verwirklichen und im Internet zu verbreiten. Dort erntete er viel Anerkennung für seine gelungenen Sujets, was ihn stets für kurze Zeit ganz blöd machte vor Glück. Zumindest so lange, bis er sich den Erfolg konsequent wieder schlechtgeredet hatte. Vor allem auf dem 3D-Sektor hatte er sich enorm weiterentwickelt, und da er perfektionistisch veranlagt war, sahen die Modelle, die er erschuf, nicht nur absolut realistisch aus, sie erfüllten auch hinter dem Sichtbaren alle technischen Anforderungen einer professionellen Arbeit.

Gelegentlich machte er bei Wettbewerben mit, und meistens gewann er auch den ersten oder zweiten Platz. Eine der Communities für 3D-Künstler hatte einen Wettbewerb ausgerufen, in dem es darum ging, seine individuelle Traumfrau zu basteln. Da sich auf dieser Plattform fast ausschließlich männliche Modellierer bewegten, kam niemand auf die Idee, dass ein männliches Pendant erforderlich wäre. Nils wollte zwar mitmachen, hatte jedoch keinen Bock eine Frau zu modellieren, also bastelte er eben einfach seinen Traummann.

Seit dem Festival war er in diesen Kletterer verliebt, obwohl er ihn seitdem nicht wieder gesehen hatte. Das war für Nils kein ungewöhnliches Schicksal, allerdings mit dem Unterschied, dass die bisherigen Augensternchen zumindest halbwegs in seinem Umfeld gelebt hatten. Mal war es ein Verkäufer in dem von ihm bevorzugten Schreibwarenladen gewesen, ein anderes Mal ein Mann, den er manchmal an der Bushaltestelle sah, an der er jeden Morgen wartete. Einmal hatte er sich in einen Nachbarn verguckt, dann in den Kellner des Cafés, in dem er seine Mittagspausen verbrachte. Zwar gelang es ihm nie Kontakt herzustellen, aber er konnte die Männer zumindest hin und wieder anschmachten. Im Falle des Kletterers war das unmöglich.

Nach dem Konzert und seitdem immer wieder, suchte Nils im Internet nach diesem Mann. In regelmäßigen Abständen durchstöberte er die Webauftritte sämtlicher Klettervereine des Landes. Die meisten von ihnen geizten nicht mit Fotos, hier ein Event, da ein Event, sie wurden oft für Festivals engagiert, meist gesponsert von irgendwelchen Banken, die sich als jugendfreundlich positionieren wollten. Doch bisher hatte er auf keinem der Fotos seinen geliebten Kletterer entdeckt.

Nils fertigte von ihm aus dem Gedächtnis dutzende Zeichnungen an und hatte irgendwann angefangen, von ihm ein 3D-Modell auf dem Computer zu kreieren. Als nun der besagte Wettbewerb ausgerufen wurde, hatte er sich mit neuem Elan hinter dieses Projekt gesetzt und mit dem virtuellen Doppelgänger des Kletterers ein wahres Meisterwerk erschaffen. So perfekt war ihm bislang noch kein Modell gelungen. Sogar das Haar und der Dreitagebart – die schwierigste Herausforderung in der 3D-Kunst – waren ihm atemberaubend realistisch gelungen. Manche seiner Kontrahenten argwöhnten sogar, er habe doch bloß seinen Freund abfotografiert. Eine Unterstellung, die Nils schmerzte, wünschte er sich doch nichts so sehr, wie einen Freund – und wenn dieser auch noch der Kletterer wäre ... Reines Wunschdenken, das niemals Wirklichkeit werden würde. Er bewies mit Screenshots, Mesh- und Wireframeansichten, dass es tatsächlich ein 3D-Modell war.

Er wurde trotzdem vom Wettbewerb ausgeschlossen, da er einen Mann und nicht, wie gefordert, eine

Frau modelliert hatte, und das, obwohl Nils der Jury erklärte, dass er als schwuler Mann eben lieber einen Traummann bastele, da es für ihn keine Traumfrau gäbe. Einige User spöttelten darüber, dass er zickig sei, doch für die Arbeit zollte man ihm Respekt und sprach ihm höchste Anerkennung aus. Dennoch: Regeln bleiben Regeln.

Allerdings wurde das Subunternehmen einer Computerspielefirma auf ihn aufmerksam, da sich einer der Mitarbeiter ebenfalls in dieser Community bewegte. Nils, so meinte man, habe mit seinem ›Traummann‹ (sie setzten das stets in Anführungszeichen) den perfekten Charakter für ein geplantes Videospiel erschaffen, und man wäre an einer Zusammenarbeit für dieses Projekt interessiert. Zwar gäbe es dafür nicht viel Geld, aber Anerkennung – und von dieser war Nils mit seinem schwachen Selbstvertrauen mehr als abhängig. Dass eines seiner selbstgeschaffenen Modelle in einem weltberühmten Computerspiel den Hauptcharakter stellen sollte, sprengte seine Vorstellungskraft. Das passte so gar nicht in sein Weltbild, in dem nicht nur er selbst unbedeutend war, sondern auch alles, was er erschuf. Man stellte ihm in Aussicht, ihn danach auch für weitere Projekte zu engagieren, und da Nils davon träumte, eines Tages von der popligen Agentur, in der er arbeitete, wegzukommen, um sich ausschließlich seiner Leidenschaft, der 3D-Kunst, zu widmen, schlug er ein. Irgendwann fest für eine der großen Spielefirmen oder gar für Hollywood zu arbeiten, das wäre doch was!

Nils war in jeder Hinsicht ein Träumer. Er träumte von Männern, ohne welche zu haben, und von einer Karriere, ohne eine zu haben.

Seit das Projekt vor über einem halben Jahr erfolgreich abgeschlossen worden war, hatte er nichts mehr von dem Unternehmen oder einem der Partner gehört. Umso überraschter war er, dass er nun dreiundfünfzig E-Mails erhalten hatte – kein Spam. Er kannte sämtliche Namen aus der Zusammenarbeit für dieses Spiel. Manche dieser Kollegen hatten gleich mehrere E-Mails geschickt, doch hauptsächlich handelte es sich um Weiterleitungen und deren Kopien. Immer wieder tauchten der Vermerk und die Aufforderung auf, die *unangenehme Angelegenheit* zu klären.

Nils brauchte eine ganze Weile, bis er begriff, worum es überhaupt ging. Offenbar hatte sich jemand an etliche Designer gewandt, die an diesem Computerspiel beteiligt waren, und sich heftig über Ian Yery, den Protagonisten des Spiels, beschwert. Die E-Mail, die allen Nachrichten zugrunde lag, war in äußerst schlechtem Englisch verfasst. Das war definitiv kein Native Speaker und durch die verworrene Grammatik und Vokabelwahl begriff Nils nicht sofort, worauf der Verfasser eigentlich hinauswollte. Erst der Hinweis eines Kollegen, Nils habe sich hier rechtlich ganz schön *in die Nesseln gesetzt,* wenn es denn wahr wäre, dass er ein fremdes Werk als das Eigene ausgegeben hätte, begann er zu begreifen. Der Beschwerdeführer dieser E-Mail behauptete doch glatt, Nils hätte Ian Yery plagiiert!

Was für eine unerhörte Frechheit!

Andererseits – war das nicht auch ein Kompliment? Nils hatte schon öfter von solchen Plagiats-Klagen gelesen – und immer waren davon sehr erfolgreiche Ideen betroffen, Bücher, Musik, nützliche Erfindungen ... Niemand wollte der eigentliche Urheber einer unbedeutenden oder gar schlechten Arbeit sein. Obwohl die Unterstellung mehr als unverschämt war, fühlte sich Nils geschmeichelt.

Anhand der Domain der E-Mail-Adresse erkannte Nils, dass sie lustigerweise aus derselben Stadt abgesendet worden war, in der er auch lebte, also verzichtete er darauf, die Antwort in Englisch zu formulieren. Er entschied, diesem hinterhältigen Betrüger direkt zu antworten. Für die treffende Formulierung ließ er sich Zeit, änderte sie immer wieder, pfriemelte ewig daran herum. Sie sollte deutlich sein, dabei aber freundlich bleiben, klar, aber nicht unhöflich. Nils wollte selbstsicher, jedoch nicht überheblich wirken, einen durch und durch souveränen Eindruck machen.

Nach zwei Wochen endlich war er der Ansicht, der Antworttext wäre perfekt, könnte nicht besser auf den Punkt bringen, worum es ihm ging. Doch als er die E-Mail absenden wollte, löschte er sie einem spontanen Impuls folgend und klopfte einen völlig anderen Text in die Tasten, in dem er sich von seiner Wut über die Unterstellung leiten ließ. Er sendete sie ab ohne sie noch einmal durchzulesen – um es sich nicht doch nochmal anders zu überlegen.

# 4| Angriff

## ... KRIEGSERKLÄRUNG ...

»Hast du eine Zigarette für mich?«, schrie Mo. Er stand völlig aufgelöst in der Tür zu Stefans Zimmer und versuchte, das Kriegsgetöse zu übertönen. Rasch schaltete das Gebirgsmassiv von Mitbewohner die Lautsprecher ab, drehte sich langsam auf dem ächzenden Drehstuhl zu Mo herum und schmetterte ein überraschtes: »Wie bitte?«, durch die blauen Nebelfäden, die träge aneinander vorbeiwaberten.

»Hast du eine Zigarette für mich?«, wiederholte Mo die Frage und versteckte seine zitternden Hände im Rücken.

»*Du* bittest *mich* um eine Zigarette?« Stefan versuchte, durch Schräglage des Kopfes die Forderung seines Mitbewohners sacken zu lassen.

»Und? Hast du?«, fragte Mo.

»Du bist Nichtraucher, schon vergessen? Du wirst sofort tot umfallen ...« Stefan begann, all die ätzenden Sprüche aufzuzählen, die Mo für gewöhnlich von sich gab, wenn das Thema Rauchen auf den Tisch kam.

»Vergiss es«, fauchte Mo, stieß sich vom Türrahmen ab und tappte wieder in sein Zimmer. Er begriff nicht, warum er gar so fertig war. Er hatte doch bloß eine E-Mail erhalten. Vor einigen Wochen hatte er eine Beschwerde an alle Adressen gesandt, die Stefan herausgesucht hatte.

Zunächst hatte er von diesem Plan sogar absehen wollen, doch dann war es losgegangen: »Du schaust aus wie der eine Typ aus dem Computerspiel.« Der Erste, der ihn darauf angesprochen hatte, war sein Arbeitskollege gewesen, der Zweite ein Stammkunde. Aktuell wurde er zwischen fünf und fünfzehn Mal am Tag mit dem Hinweis belästigt, wie Ian Yery auszusehen. Mittlerweile konnte er den Namen nicht mehr hören. Zwar war bisher keine einzige Bemerkung beleidigend oder gemein gewesen – im Gegenteil, die Leute schienen diesen Protagonisten richtiggehend zu verehren – aber es raubte Mo trotzdem den letzten Nerv.

Da die Designer des Spiels laut Stefan alle Amerikaner waren und daher kein Deutsch verstanden, hatte Mo die E-Mail in Englisch verfasst. Bereits in der Schule war er in Sprachen sehr schlecht gewesen. Englisch hatte er nur mit Ach und Krach bestanden und selbst der Amerikaaufenthalt hatte sein Sprachverständnis eher zerrüttet als erweitert. Es reichte kaum für Spielfilme in Originalfassung – eine Affinität, die Stefan und Judith teilten. Also hatte sich Mo mühsam mit Übersetzungsprogrammen und einem Wörterbuch durch die Beschwerde wurschteln müssen.

Natürlich hätte er auch Stefan, Judith oder einen seiner Kollegen bitten können ihm zu helfen, aber Mo schämte sich für seine lauen Englischkenntnisse. Sogar die meisten Schüler der Unterstufe beherrschten die Sprache besser, als er.

Welchen Weg seine E-Mail in den vergangenen Wochen auch immer gegangen war, nun hatte er eine Antwort darauf erhalten. In perfektem Deutsch. Zunächst hatte Mo geglaubt, man hätte eine Übersetzungsagentur oder dergleichen beauftragt – aber dazu war der Text zu emotional verfasst, hatte zu viele Flüchtigkeitsfehler. Der Tonfall des Verfassers war rüde, regelrecht angepisst, und er hatte, wie es schien, Mos Beschwerde völlig falsch aufgefasst. Der mutmaßliche Designer von Ian Yery faselte etwas davon, Mo zu verklagen, sollte er seine hanebüchenen Diffamierungen nicht auf der Stelle unterlassen. Er allein sei der Urheber dieses Spielcharakters und kein erbärmlicher Möchtegernpixelschubser (damit meinte er wohl Mo) hätte das Recht, Ansprüche darauf zu erheben.

Das war sicher bloß ein dummes Missverständnis, sagte sich Mo immer und immer wieder, dennoch zitterte er vor Aufregung. Dieser Ton! Eine drohende Klage! Das war ein astreiner Angriff!

»Okay, kannst eine haben«, murmelte Stefan und latschte ohne Anklopfen in Mos Zimmer. Er pfriemelte in einem kleinen, zerdrückten Päckchen herum, fischte eine Zigarette heraus und schob sie direkt in Mos Mund. Dann zückte er sein edles Benzin-Feuerzeug, mit dem er nur zu gerne angab, entfachte die Flamme und hielt sie ans andere Ende des Glimmstängels, um diesen zu entzünden. »Du musst schon ziehen«, erklärte Stefan amüsiert. »Sonst funktioniert das nicht.«

Mo sog Luft durch den Filter und bekam prompt einen Hustenanfall. Seine Augen begannen zu tränen, und als er die Zigarette aus dem Mund nahm, sah Stefan, dass Mos Hände zitterten.

Mit einem ruhigen, fast väterlichen Griff, nahm er den Glimmstängel und schob ihn sich selbst zwischen die Lippen. »Sag mal, was ist denn mit *dir* los?«, fragte er, warf den Kopf in den Nacken und blies den Qualm gegen die Decke.

»Nichts«, behauptete Mo.

»Das mit dem Rauchen lass mal lieber – das hilft dagegen ...«, Stefan nickte zu Mos zitternden Fingern, »... gar nicht. Da brauchst du eher Schnaps oder Tranquilizer oder so was.«

»Sicher nicht.« Mo setzte sich auf die verräterischen Hände.

»Was ist denn los? Bist du positiv, oder was?«, fragte Stefan, ohne beim Sprechen den Glimmstängel aus dem Mund zu nehmen.

»Positiv?« Mo begriff nicht.

»HIV«, meinte Stefan gelassen und zuckte mit den Schultern.

Mos Kinnlade klappte runter. »Wie kommst du denn *darauf*?«

»Na kriegt ihr Homos das nicht alle früher oder später? Hast du nicht vor ein paar Wochen behauptet, hundertfünfzig Millionen Amerikaner gefickt zu haben?«

»Weißt du was, Stefan? Verschwinde einfach und töte ein paar Nazis«, fauchte Mo und schüttelte fassungslos den Kopf.

»Apropos ... du solltest das Spiel echt mal ausprobieren. Wäre doch total ironisch. Ian Yery spielt Ian Yery.«

»Raus!«, herrschte Mo Stefan an und zeigte zur Tür.

»Ist ja schon gut ... Zicke!«, maulte Stefan und schlurfte aus Mos Zimmer. Wenige Sekunden später brach wieder das Kriegsgetöse los.

Mo wandte sich dem Laptop zu und las die E-Mail ein weiteres Mal. Erneut wallte diese Aufregung hoch. Ob die Leute recht hatten? Manche meinten, er sei ein Sensibelchen. Das war eine Fehleinschätzung, die allein seiner Größe zuzuschreiben war, befand Mo. Von einem über eins neunzig großen, trainierten Mann erwartete man eben nicht, dass er Gefühle hatte. Es war ja nicht so, dass Mo dauernd heulte oder dergleichen, er nahm sich nur manche Dinge etwas mehr zu Herzen, als andere das vielleicht getan hätten.

Vor einigen Jahren hatte er eine Phase durchgemacht, in der er sich emotional abhärten wollte und die Arschloch-Tour abzog. Auslöser für den Wunsch, gefühllos zu werden, war sein Ex-Freund gewesen, der ihn über die gesamten vier Jahre ihrer Beziehung nach Strich und Faden betrogen hatte. Mo war zu verliebt und blind gewesen, hatte es nicht bemerkt, obwohl ihn sein gesamtes Umfeld mehrmals darauf aufmerksam gemacht hatte. Er hielt die Vorwürfe für wüste Diffamierungen, verteidigte seinen Freund eisern und war letztendlich aus allen Wolken gefallen, als er ihn in flagranti erwischt hatte. An Mos Geburtstag und im gemeinsamen Bett. Zu allem Überfluss stellte ihn sein Ex auch noch als den Bösen hin, der gar nicht wisse, was wahre Liebe sei. Treue, so meinte der Arsch, sei ein patriarchaler, reaktionärer Besitzanspruch, habe mit Liebe nicht das Geringste zu tun und überhaupt wäre Mo nicht berechtigt, ihm vorzuschreiben, in wen er seinen Schwanz stecke. So ging das in einer Tour. Er stellte Mo hin wie einen naiven, engstirnigen Volltrottel. Mo war daraufhin so verletzt, so unfassbar enttäuscht gewesen, dass er monatelang in Selbstmitleid gebadet hatte und schließlich den Entschluss fasste, sich von Emotionen zu heilen. Er dachte, wenn er sich wie ein Arschloch verhielt, könnte er ein ebensolches selbstzufriedenes und gefühlloses werden, wie so viele andere auch.

Es hatte nicht funktioniert. Sein Herz wollte diesem vernünftigen Vorsatz einfach nicht Folge leisten. Er fühlte sich bloß schäbig, einsam, verzweifelt – die große Erlösung, die er erwartet hatte, blieb aus. Zwei Jahre hatte er die Sache durchgezogen und sich damit eher selbst gequält, als Spaß gehabt. Dann ließ er es bleiben. Er war wohl einfach nicht der Typ dafür, das musste er akzeptieren. Eines Tages, da war er sicher, würde er auf jemanden treffen, den er lieben konnte und der über Beziehung und Liebe ähnlich denken würde wie er. Bis dahin hielt er es für besser, ganz die Finger von Männern zu lassen, wofür er oft belächelt wurde. Er hatte keinen Bock darauf, sich von einem weiteren Arschloch das Herz brechen zu lassen – lieber blieb er überzeugter Single, damit ging es ihm wenigstens gut.

Dass ihn diese E-Mail gar so fertigmachte, bereitete ihm Sorgen. Er wollte darauf antworten – aber nicht sofort. Lieber ein paar Mal darüber schlafen.

## ... KÖNNER ...

»Mmmh, hey Mo, wegen dieses Typs ... mmmh ... ich hab da was für dich«, nuschelte Stefan ein paar Tage später bei einem gemeinsamen Frühstück. Er stopfte kalte Pizza in sich rein, bis sich die Backen blähten, und hatte dunkle Augenringe, da ihn wieder einmal eine groß angekündigte Online-Schlacht mit seinem Clan fast dreißig Stunden am Stück wach gehalten hatte. Beim Sprechen pustete er Maiskörner auf den Tisch und an seiner Backe klebte ein Käsestück.

»Welcher Typ? Wovon sprichst du?« Mo hob seine Müslischale vor die Brust und rückte etwas von Stefan ab, um zu verhindern, dass Speicheltröpfchen mit Pizzageschmack in seinem Frühstück landeten.

»Na dieser aufgebrachte E-Mail-Typ. Du weißt schon, der dich erschaffen hat.«

»Er hat mich erscha... Moment mal, woher weißt du von der E-Mail?«

»Ich musste etwas im Internet recherchieren und konnte bei mir gerade nicht, weil ...« Stefan begann mit ausschweifenden Erklärungen darüber, warum man bei einem laufenden Online-Spiel nicht einfach mal eben aussteigen konnte. Mo interessierten die Gründe nicht, er musste erst einmal verdauen, dass der dreiste Mitbewohner einfach so an seinen Laptop ging. Er hörte nur mit halbem Ohr zu, dann unterbrach er Stefans Rechtfertigungslawine.

»Woher weißt du überhaupt mein Passwort?«

»Ach, das ist kein Problem – ich hab da einen Trick.« Stefan grinste verwegen.

»Trick?«

»Geheim. Du weißt nichts davon!«

»Doch, jetzt weiß ich davon. Du hast in meinen privaten E-Mails herumgeschnüffelt.« Respektierte denn überhaupt keiner mehr seine Privatsphäre?

»Ich hab nicht ... okay, ich hab *doch*, aber wenn du erst einmal siehst, was ich dir zu zeigen habe, dann wird dir das egal sein«, behauptete Stefan.

Einige Minuten später bestand Stefan darauf, dass sich Mo besser mal auf den abgewetzten Drehstuhl setzte, und tippte für ihn auf der verklebten Tastatur herum. Ein Bildbetrachtungsprogramm sprang auf und zeigte in der Folge eine Diashow mit Bildern beeindruckender Aliens, Dämonen, Helden, aber auch alternative Cover für bekannte CDs, Filme, Spiele und vieles mehr. Ein ganz und gar atemberaubendes Portfolio aus 3D- und 2D-Arbeiten. Mitten unter ihnen gab es auch ein paar Bilder von Mo – beziehungsweise seinem virtuellen Doppelgänger Ian Yery. Mo konnte zwar nicht viel mit Computerspielen anfangen, aber das, was er hier bestaunen durfte, war Kunst – da war ein echter Könner am Werk gewesen. Und er hatte einen eigenen, einprägsamen Stil, der Mo sehr gefiel. Er kam nicht umhin zuzugeben, dass er begeistert war.

»Geiler Scheiß, was?«, gab Stefan ehrfürchtig von sich. »Also der Typ ist ein Meister. Du solltest nicht beleidigt sein, sondern dich geehrt fühlen.«

»Nur, weil er gut ist, in dem was er tut, hat er noch lange nicht das Recht, mein Gesicht zu benutzen«, brummte Mo.

»Wait! Der hat nicht nur dein Gesicht benutzt«, röhrte Stefan, kicherte seltsam und klickte auf einen weiteren Ordner. Aktfotos.

Mo blieb für einen Moment das Herz stehen.

»Was ist das?«, stieß er empört hervor, obgleich das ziemlich offensichtlich war.

»Langsam glaube ich, deine Theorie stimmt und er ist ein Ex-Lover von dir«, murmelte Stefan und nickte vor sich hin. Er klickte von Bild zu Bild, ließ jedes lange genug geöffnet, damit Mo es ausgiebig betrachten konnte. Sie zeigten Ian Yery splitternackt und in erotischen Posen. Die Fotos waren durch die Bank künstlerisch anspruchsvoll, das Spiel mit Licht und Schatten verdeckte viel, ließ vieles nur erahnen. Zwar zeigte keines von ihnen Ians Schwanz, aber soweit Mo die Sache beurteilen konnte, glich er diesem Pin-up bis ins letzte Detail. Hätte er es nicht besser gewusst, hätte er es für Aktfotos seiner selbst gehalten.

»Das macht mir Angst«, gestand Mo. Sein Herz hämmerte wild.

»Das ist noch nicht alles«, erklärte Stefan. Ein Grinsen zuckte in sein Gesicht.

»Was soll da jetzt noch kommen?«, fragte Mo leise und versuchte, nicht zu verzweifelt zu klingen. Langsam schnürte es ihm die Kehle zu.

»Pass auf, das zieht dir die Schuhe aus ... Einen Moment noch.« Stefan schloss die Fotos, klickte einige Links auf dem Desktop an, dann ploppten diverse

Internet-Foren auf. Stefan verwies auf ausführliche Beiträge und Kommentare jener Person, die Ian Yery erschaffen hatte. Allerdings auf Englisch. Mos Kopf schwirrte. Selbst wenn er besser in dieser Sprache gewesen wäre, hätte er jetzt nicht die Ruhe gehabt, das alles zu lesen. Kurz erwog er, Stefan zu bitten, ihm grob zu erklären was da stand, entschied sich aber dagegen. Sein Mitbewohner brauchte von dieser Schwäche nichts zu erfahren. Um den Inhalt zu erfassen, benötigte Mo Zeit und ein Wörterbuch.

»Der Hammer, oder?«, rief Stefan triumphierend aus. Er ging wie selbstverständlich davon aus, Mo hätte die Texte überflogen.

»Mhmm«, brummte Mo und gab sich nachdenklich. »Kannst du sie mir abspeichern? Die Bilder und die Texte?«

»Ehrensache.« Stefans Finger flogen behände über die Tasten, kurz blitzen grüne Balken über den Bildschirm, dann reichte er Mo auch schon einen abgegriffenen USB-Stick. »Übrigens, Mo, ich hab dein Virenprogramm geupdatet. Du solltest die Meldungen nicht einfach wegklicken.«

»Oh, ähm, danke«, murmelte Mo. Mittlerweile hatte er völlig vergessen, dass er über Stefans Einbruch in seinen Computer stinksauer war.

## ... GESTALKT ...

Es war bereits zwei Uhr morgens und Mo saß noch immer vor seinem Laptop. Normalerweise blieb er nicht so lange auf, zumal er in der Früh raus musste, und stets um ausreichend Schlaf bemüht war. Er sah sich nicht als Gesundheitsfreak, auch wenn Stefan und Judith ihn für einen solchen hielten, ihm lag nur einfach viel an dem Sport, den er ausübte und dafür wollte er fit bleiben. Nächtelang durchzumachen war schlecht für die Kondition. Dennoch – er konnte im Moment unmöglich schlafen.

Er hatte die letzten Stunden damit zugebracht, mithilfe eines Wörterbuchs die Kommentare, die dieser Freak in den Foren abgesondert hatte, zu übersetzen. Das Ergebnis erstaunte ihn, machte ihn betroffen, wühlte ihn auf, verunsicherte ihn, und ein kleines bisschen fühlte er sich auch geschmeichelt.

Wenn Mo alles richtig verstanden hatte, war sein virtueller Doppelgänger der Wettbewerbsbeitrag eines schwulen Künstlers gewesen. Dieser behauptete, er habe hier seinen Traummann geschaffen und nahm dafür sogar die Disqualifizierung in Kauf. Mo musste erst einmal einige Runden in seinem Zimmer drehen, um die Information zu verdauen. Derselbe Typ, der ihm eine so unflätige E-Mail geschrieben hatte, träumte von ihm? Was war denn *das* bitte für eine verkorkste Situation! Er spukte einem wildfremden Kerl im Kopf herum, wenn er Hand anlegte?

Mo setzte Stefan darauf an, im Internet nach einem Portrait des Künstlers zu suchen. Aber auch er war nicht fündig geworden – offenbar achtete der Kerl ebenfalls penibel darauf, mit seinen persönlichen Daten nicht auffindbar zu sein. Das war sympathisch, sah man davon ab, dass er Mos Gesicht weltweit verbreitete.

Was für ein Typ hielt ihn für einen Traummann? Was hieß das überhaupt: *Traummann*. Mo fand dieses ganze Traummann-Getue idiotisch. Zumindest, wenn es ums Aussehen ging. Es schränkte die Wahrnehmung ein, die Bereitschaft, sich auf neue Menschen einzulassen. Zudem hatte er noch nie eine Person getroffen, die den Mann oder die Frau ihrer Träume gefunden hätte. Im Gegenteil: meist wichen die Partner meilenweit von irgendwelchen Traumvorstellungen ab. Dennoch spulte auch Mo seit einigen Jahren beim Wichsen die Fantasie von einem ganz bestimmten Mann ab. Zwar erschuf er immer wieder andere Szenen, aber der Typ blieb stets derselbe, obwohl Mo dem nicht allzu viel Bedeutung beimaß.

Es war nur so ... er hatte vor Ewigkeiten in der Menschenmasse eines Festivals einen Mann ausfindig gemacht, der ihn lange nicht losgelassen hatte. Und das, obwohl es keinen Kontakt mit ihm gegeben hatte, es sei denn, man zählte die unsanfte Kollision im Verlauf des späteren Abends hinzu, als er über einen Betrunkenen gestolpert war, der auf dem Boden gelegen hatte. Damals war Mo ziemlich fasziniert von diesem Kerl gewesen, ohne genau benennen zu können weshalb. Er hatte ungewöhnlich zerbrechlich gewirkt, irgendwie wie nicht von dieser Welt, und kam auf liebenswerte Art unsicher und schusselig rüber. Und obwohl er nicht der Typ zu sein schien, der offensiv auf andere zuging, hatte er dagesessen und Mo immer wieder so offen angestrahlt, ihn damit ganz verrückt gemacht. Er hatte ein phänomenal süßes Lächeln und Mo musste auch jetzt wieder grinsen, wenn er daran zurückdachte. Es war ziemlich offensichtlich gewesen, dass der Typ mit ihm geflirtet, dann aber das Interesse verloren hatte. Es war also nichts gelaufen, sie hatten sich noch nicht mal kennengelernt, und trotzdem servierte ihm seine Fantasie in regelmäßigen Abständen diesen Mann.

Irgendwann würde sich schon das Bild eines anderen Kerls in seine Vorstellung drängen. Mo war wohl selbst bei Sexfantasien eine treue Seele, denn die Kerle in seinem Kopf wechselten nur widerwillig. Bisher allerdings waren es fast immer Schauspieler oder Musiker gewesen, keine No-Names, die er irgendwann in einer Menschenmasse gesehen hatte. Wenn Mo genauer darüber nachdachte: Würde ihm jemand eine Pistole an die Brust setzen und ihn dazu zwingen, seinen Traummann zu beschreiben – er hätte wohl auf Anhieb auf diesen Kerl zurückgegriffen.

Bei diesen Überlegungen schoss Mo ein beunruhigender Gedanke durch den Kopf. Vielleicht erging es diesem Künstler ganz ähnlich wie ihm! Möglicherweise hatte er ihn tatsächlich irgendwo gesehen und sich durch ihn inspirieren lassen. Der Typ beherrschte gutes Deutsch, vielleicht war er kein gebürtiger Amerikaner, sondern ... Was, wenn er gar nicht in Amerika lebte, sondern hier – vielleicht sogar ganz in der Nähe!

Mo starrte zum Fenster. Oh, Gott! Was, wenn dieser Künstler ein irrer Stalker war? Die meisten Künstler waren doch irgendwie verrückt, oder? Er hatte Mo so detailliert modelliert, als hätte er Modell gesessen. Und wo war er schon nackt, außer in dieser Wohnung? Da er weder Stefan noch Judith annähernd Talent unterstellte, blieb nur …

Gänsehaut kroch über Mos Rücken. Was, wenn er beobachtet wurde? Gerade jetzt? Mo sprang hoch, zeigte der Nacht – nur zur Sicherheit – den Mittelfinger und zog die Vorhänge zu.

Geleitet von Angst und Wut hämmerte er eine Antwort auf diese E-Mail in die Tastatur.

# 5| Verteidigung

### ... DAS DING ...

Nils rülpste herzhaft, dann versuchte er mit dem Mund ein weiteres Mal die Öffnung der Bierdose einzufangen. Normalerweise ließ er die Finger von Alkohol, aber jetzt brauchte er ihn. Mit einer zitternden Hand war es nicht einfach, den Akt des Trinkens zu koordinieren. Zudem schäumte das warme Gesöff extrem, weswegen er immer nur kleine Schlucke machen konnte und dann gewaltig rülpsen musste. Immerhin lebte Nils allein und niemand konnte sich daran stören.

Neben dem Bier lag auch noch ein Stein in seinem Magen oder eine Faust oder eine Faust um einen Stein. Nils hatte zwar erwartet, dass der Betrüger mit keiner freundlichen Antwort aufwarten würde – aber das hatte er nicht kommen sehen! Nils wurde aufs Übelste beschimpft, ein Perverser genannt, ein Stalker und völlig krank im Kopf. Er – Nils – solle es nicht wagen, sich von ihm erwischen zu lassen und wenn er sein krankes Spiel nicht sofort unterließe, würde er ihm die Polizei an den Hals hetzen.

Nils begriff nicht, womit er diese Antwort provoziert hatte. Was war das für eine primitive Art, auf ein E-Mail zu reagieren? Zugegeben, er hatte sich selbst auch ein bisschen gehen lassen, als er diesem Betrüger geschrieben hatte. Nach dem Absenden war die Reue gekommen, und der Selbsthass. Nils hatte die so unüberlegt abgeschickte E-Mail, die obendrein von peinlichen Flüchtigkeitsfehlern nur so gestrotzt hatte, nicht mehr zurücknehmen können. Die Schuldgefühle deswegen raubten ihm bisweilen den nächtlichen Schlaf. Dennoch, diesem Betrüger müsste doch klar sein, dass er auf dem kürzeren Ast saß. Wenn schon nicht anderen gegenüber, so müsste er sich zumindest selbst eingestehen, dass er falsch mit der Behauptung lag, Schöpfer von Ian Yery zu sein. Diese wüsten Beschimpfungen waren also völlig unangebracht.

Es sei denn, und das wäre eine mögliche Erklärung, der Kerl war geisteskrank. Vielleicht war es auch gar kein Mann. Womöglich hatte es Nils hier mit einer gestörten Frau zu tun! Niemand, der bei gesundem Verstand war, machte sich die Mühe, eine Armada von – in grottenschlechtem Englisch verfassten – E-Mails auszusenden, um damit irgendwelche Leute mit dem wahnsinnigen Einfall zu belästigen, einer Idee beklaut worden zu sein, die er noch nicht einmal selbst gehabt hatte.

Hatte Nils jetzt einen Verrückten am Hals? So etwas passierte immer wieder – vor allem Prominenten. Nils war zwar nicht berühmt, aber sein Modell hatte es zu weltweitem Ansehen gebracht. Wie es also aussah, hatte es ein Wahnsinniger auf den Schöpfer von Ian Yery abgesehen.

Zunächst hatten Nils lediglich der harsche Tonfall und die bodenlosen Frechheiten fix und fertiggemacht, nun kroch regelrechte Panik in ihm hoch. Mit zitternden Händen stellte er die Bierdose ab und knetete seine Finger. Was, wenn es so ein kranker

Typ war wie der Kerl, der John Lennon getötet hatte? Der Irre wohnte irgendwo in der Stadt, lauerte ihm vielleicht schon die längste Zeit auf. Unangenehm kalter Schweiß überzog seinen Rücken.

Nils sprang hoch und kramte hektisch in der Abstellkammer herum, bis er, ganz hinten versteckt, den Karton mit der Schreckschusspistole fand. Er wog sie in seinen Händen und griff nach der Packung mit der Pfeffermunition. Vor ein paar Jahren war einige Wochen lang ein bissiger, herrenloser Rottweiler durchs Viertel gewildert. Eines Abends, als Nils auf dem Weg von der Arbeit nach Hause gewesen war, wurde er von diesem Tier angefallen. Die Narben, die er seit dieser Konfrontation am rechten Unterarm trug, würden nie wieder ganz verschwinden. Beinahe hätte das Viech ihm die Maushand ruiniert – das wäre eine Katastrophe gewesen! Damals hatte sich Nils diese Waffe zugelegt, um sich vor einem erneuten Angriff durch die Bestie zu schützen. Noch Monate nach dem Vorfall war er nicht ohne seine Schreckschusspistole aus dem Haus gegangen, auch nachdem man den Hund endlich eingefangen hatte.

Nils putzte die Waffe und bestückte sie mit Patronen. Er wusste nicht, ob er auf einen Menschen zielen könnte. Er war sich nicht einmal sicher, ob er im Fall des Falles auf dieses blöde Tier hätte zielen können, das ihm den Arm zerbissen hatte. Es war wohl nur das subjektive Gefühl von Sicherheit, das er dringend brauchte.

Da läutete es an der Tür und Nils erschrak fast zu Tode. Sein Herz hämmerte und er bekam vor Angst kaum Luft. Was, wenn es dieser Verrückte war? Nils zückte die Pistole schlich zur Tür und horchte angespannt. Jemand hämmerte direkt über seinem Ohr wild gegen das Türblatt. Panik! Schweiß klebte auf Nils' Stirn und er starrte unschlüssig auf die Waffe in seinen Händen. Vielleicht sollte er doch lieber die Polizei rufen!

»Nils, ich weiß, dass du zuhause bist, ich hab das Licht gesehen«, ertönte endlich die schrille Stimme seiner Schwester. Gottseidank! Es war nur Jana!

Mit einem erleichterten Stöhnen sackte Nils in sich zusammen, atmete ein paar Mal tief durch und öffnete die Tür.

Als seine Schwester die Pistole sah, ließ sie einen spitzen Schrei los. »Was soll das Ding in deiner Hand?«

Rasch legte Nils die Waffe auf den Küchentisch. »Das ist eine Gaspistole. Ein Verrückter ist hinter mir her.« Nils versuchte, ruhig und abgeklärt zu wirken, aber er hörte selbst, wie hektisch er sprach.

»Verdammt nochmal, dann geh zur Polizei – aber tu das hier weg!« Jana machte einen großen Bogen um den Tisch.

»Die springt dich schon nicht an«, brummte Nils und schüttelte den Kopf. »Ich geh nicht zur Polizei. Am Ende ist man immer selbst der Verdächtige.«

»Du meinst, sie halten *dich* für den Verrückten?«, fragte Jana und schielte zur Pistole.

»Nein ich ... egal. Zur Polizei geh ich sicher nicht«, sagte Nils entschlossen.

Polizei – das hieß, Kontakte zu knüpfen. Dann hatte er es mit Beamten zu tun und das war soziales Armageddon. Es würde außerdem sicher nicht bei einem kurzen Gespräch bleiben. Vielleicht würden sie ihn öfter vorladen – Himmel, am Ende sogar vor seiner Wohnungstür stehen. Es würde ein Rattenschwanz an Unannehmlichkeiten folgen – einmal im System, immer im System. Außerdem: was, wenn sie ihm nicht glaubten, ihn auslachten? Mehr als eine beleidigende E-Mail hatte er nicht vorzuweisen.

»Nils, du kannst nicht mit einer Waffe herumlaufen«, schalt Jana und sah ihn an, als wäre *er* der Irre.

»Warum denn nicht? Das hab ich früher auch schon gemacht.«

»*Wann* früher?«

»Als die Sache mit dem Hund passiert ist«, erklärte Nils und fuhr dabei gedankenverloren über seinen rechten Unterarm.

»Da bist du mit einer Waffe herumgelaufen? Du machst mir Angst, Nils.«

»Ist ja nur Pfeffermunition«, beruhigte er sie. »Du hast doch auch immer einen Pfefferspray bei dir.«

Jana schüttelte energisch den Kopf. »Nicht mehr! Ich hab Berichte gesehen – für Laien ist das nicht geeignet. Wenn der Wind aus der falschen Richtung kommt, geht das nach hinten los, und für Innenräume ist das gar nichts. Kriminelle entreißen den Laien oft die Waffe, weil sie mehr Routine damit haben.«

»Soll ich mich etwa umbringen lassen?« Nils kämpfte seine Hysterie nieder. Dass ihm seine Schwester deswegen jetzt auch noch zusetzte, konnte er gerade gar nicht gebrauchen.

»Mach einen Selbstverteidigungskurs. So etwas könnte dir ohnehin nicht schaden, allein schon wegen deines praktisch nicht vorhandenen Selbstvertrauens – aber davon rede ich eh schon seit Jahren.«

Nils schüttelte den Kopf. »Ich geh da nicht hin.«

Menschen. Fremde Menschen. Sie würden ihm auch noch körperlich nahekommen, und er müsste sie vielleicht sogar anfassen. Wie schon in der Schule, würde er sich bis aufs Blut blamieren. Er war nicht fit genug für den Kampfsport und würde nicht mithalten können. Er müsste erst ein Jahr für sich daheim trainieren, ehe er sich da hinwagte. Sicher waren dort lauter durchtrainierte Sportler, die nur darauf warteten, ihn bloßzustellen und zu verspotten. Niemals! Kurse mied Nils rigoros. Seit der Schule und der damit einhergehenden umfassenden Erfahrung als Opfer brutaler und hinterhältiger Tyrannei durch seine Mitschüler, hatte er sich erfolgreich um alles gedrückt, was eine so destruktive Gruppendynamik auch nur ansatzweise heraufbeschwören könnte.

»Da gehen ganz gewöhnliche Leute hin. Bei meinem Kurs damals war sogar eine fünfundsiebzigjährige Oma.«

Jana schien die Gedanken ihres Bruders erraten zu haben. Kein Kunststück, denn über dieses Thema und dessen Für und Wider hatten sie schon oft diskutiert. Nils glaubte ihr nicht und hielt ihre Behauptungen für flache Beschwichtigungen, um ihn zu überreden.

»Von wem wirst du außerdem bedroht?«, wollte Jana wissen.

»Einem Verrückten, der behauptet, er hätte etwas erfunden, das ich geschaffen habe. Der ist total durchgedreht und meint, ich sei ein perverser Stalker. Einfach so, aus dem Nichts heraus.«

»Das versteh ich nicht«, murmelte Jana, »Warum sollte er dir unterstellen, ihn zu stalken ...?« Sie überlegte kurz, dann schien ihr ein passendes Szenario einzufallen. Sie riss die Augen auf und rief: »Ah, ich verstehe. Er glaubt, du kannst telepathisch in sein Gehirn eindringen, um ihm dann seine Ideen zu klauen. Paranoid. Vielleicht ein Schizophrener mit einem psychotischen Schub. Arme Menschen, die können nichts dafür. Da ist in ihrer Gehirnchemie ...«

»Du hast wohl vor Kurzem wieder eine Doku darüber gesehen, was?«

»Richtig! Na und? Deswegen ist es nicht automatisch unwahr!«, sagte Jana. »Wir könnten zusammen hingehen.«

»Wohin?«

»Na, in den Selbstverteidigungskurs. Ich könnte ohnehin wieder eine Auffrischung gebrauchen und dich außerdem beschützen, falls dich jemand schief anschaut.«

»Mach dich nur lustig über mich.«

»Ich trau mich zu wetten, sobald du den Kurs hinter dich gebracht hast, findest du endlich einen Mann«, trällerte Jana und zwinkerte ihm zu.

»Sei still!«

»Wie alt bist du? Zweiunddreißig – und noch immer Jungfrau! Deine Jugend schwindet unberührt dahin – du bringst dich um dein Glück.«

»Halt deinen Mund.«

»Und das alles nur wegen deines beschissenen Selbstvertrauens. Du schaust gut aus, du bist klug und talentiert ... Der Kurs würde dein Selbstbewusstsein stärken, und wer weiß, vielleicht wartet dort ein schnuckliger Kerl auf dich.«

»Ich will keinen ...«, begann Nils.

»Sicher willst du! Belüg dich doch nicht selbst. Ich mach dir einen Vorschlag: Du gehst mit mir einmal da hin. Nur ein einziges Mal. Wenn es dann immer noch so schrecklich ist wie du glaubst, lass ich dich für immer in Ruhe damit.«

Nils überlegte. »Für immer?«

»Für immer!«

Auch wenn die Vorstellung verlockend war, dass Jana ihn ab dann für alle Zukunft mit diesem blöden Selbstverteidigungskurs in Ruhe ließ, war das nicht das Hauptargument auf ihr Angebot einzugehen. Letztendlich überzeugte ihn die verwegene Idee, dass dort ja vielleicht wirklich ein schnuckliger Kerl war, von dem er dann wieder einige Jahre heimlich schwärmen konnte.

»Okay!«, sagte er betont widerwillig.

»Klasse!« Jana warf einen verächtlichen Blick auf die Pistole. »Und jetzt räum dieses schreckliche Ding endlich weg.«

## ... MITGEHÖRT ...

Ein paar Tage später, während er eine Speisekarte für eine Pizzeria setzte, belauschte Nils in der Agentur zufällig ein Gespräch unter Praktikanten. Eigentlich interessierte ihn das uninteressante Gebrabbel seiner temporären Kollegen nicht, aber dann war ein Wort – besser gesagt ein Name – gefallen und fing Nils' volle Aufmerksamkeit: Ian Yery.

Das Spiel war ein Kassenschlager und der Name des Protagonisten in aller Munde, zumindest unter Gamern. Niemand in der Agentur wusste, dass Nils, dieser stille Typ, dessen Schreibtisch ganz hinten neben dem Papierlager stand, diesen weltbekannten Kriegshelden erschaffen hatte. Da es per Vertrag untersagt war, nebenbei für andere Auftraggeber zu arbeiten, verschwieg er sein Meisterwerk, obwohl es ihm die längst überfällige Anerkennung hätte bringen können. Er brauchte das Geld, das er in der Agentur verdiente, auch wenn es lächerlich wenig war. Vielleicht ergab sich durch Ian Yery eines Tages ja doch noch ein lukratives Angebot. Dann konnte er hier endlich allen erzählen, dass er der Schöpfer der berühmtesten Spielfigur dieses Jahres war. Sie würden bereuen, ihn all die Jahre unterschätzt zu haben, aber bis dahin änderte Nils noch brav und gehorsam die Preise auf scheußlich designten Speisekarten.

»Wenn ich es dir doch sage: genau so!«, sagte einer der Praktikanten aufgeregt.

»Glaub ich nicht«, erwiderte der andere.

»Wirklich, ich schwöre, der Typ schaut exakt so aus. Einer im Forum hat voll rumgespamt, dass er den Doppelgänger gesehen hat. Ich habs ihm nicht geglaubt und gedacht, der ist nur so ein blöder Troll. Aber gestern war ich dort, Mann, und der hat voll recht gehabt.«

»Ian Yery arbeitet in einem Copyshop? Ist es das, was du mir hier weismachen willst?«, fragte der andere zynisch und schüttelte belustigt den Kopf.

»Tausend Pro, Mann. Ich wette mit dir um fünfhundert Euro.«

»So viel hast du doch gar nicht.«

»Aber du!«

»Du bist dir wohl sehr sicher!«

»Tausend Pro, wie gesagt.«

Nils' Ohren glühten. Hatten sich die beiden tatsächlich gerade darüber unterhalten, dass sie Ian Yery live gesehen hatten? Hieß das etwa, der Mann, der sämtliche seiner erotischen Fantasien dirigierte, dieser rotblonde, große Kletterer, der ihm vor drei Jahren auf einem Festival den Kopf verdreht hatte, war irgendwo in dieser Stadt? Nils' Bauch kitzelte, seine Ohren glühten, das Herz raste und sein Schwanz drängte sich gegen den Hosenstall.

Jeder normale Mensch hätte die Praktikanten einfach gefragt, in welchem Laden der Doppelgänger, von dem sie gerade gesprochen hatten, arbeite. Nils nicht. Er wollte nicht aufdringlich sein, nicht als jemand ertappt werden, der fremde Gespräche belauschte. Sofort schoss ihm die Unterstellung des Verrückten durch den Kopf: kranker Stalker. War er das vielleicht sogar wirklich? Immerhin belauschte er fremde Gespräche und hatte schon oft Männer, in die er verknallt gewesen war, verstohlen beobachtet. Nils hatte sie zwar nicht direkt verfolgt, allerdings durchaus dafür gesorgt ihnen öfter über den Weg zu rennen als der Alltag erlaubt hätte. Die Worte des wahnsinnigen Betrügers hatten ihn hart getroffen und er, typisch Nils, nahm die negativen Unterstellungen an. Er gab dem Verrückten recht. Er war pervers, denn immerhin wichste er auf Computergrafiken, die er selbst erstellt hatte. Richtig, Nils wichste zu expliziten Fotos von Ian Yery, die er nur für sich gebastelt und ausgedruckt hatte. Vermutlich hatte der Verrückte sogar in allen Punkten recht. Immerhin lautete ein kluges Sprichwort: Kinder und Narren sprechen die Wahrheit.

Nils hatte sich mit der Antwort auf die E-Mail Zeit lassen wollen – nun aber musste er sie sofort loswerden. Himmel, der Verrückte hatte ihn dazu gebracht, sich wie ein perverser Stalker zu fühlen, krank im Kopf – diese Unterstellungen wollte er ihm zurückgeben. Vielleicht konnte er den Typ mit den eigenen Waffen schlagen.

Nils ließ die Finger knacken und legte los. Im realen Leben war er feig und konfliktscheu, aber im Internet konnte er aus sich herausgehen und durchaus harte und treffende Worte anbringen. Da er den Irren nicht kannte, kein Gesicht von ihm vor Augen hatte, traute er sich tüchtig Dampf abzulassen. Nicht nur über die Unterstellungen – es hatte sich eine Menge Frust aufgebaut, und er nutzte die Gelegenheit, um ihn loszuwerden –, er klopfte eine so wütende und gemeine E-Mail in die Tasten, wie er noch nie getan hatte, und schickte sie ab, ohne sie ein weiteres Mal durchzulesen.

Danach öffnete Nils den Browser und rief über eine Suchmaschine sämtliche Copyshops auf, die es in dieser Stadt gab. Wow. Es waren fast hundert. Es würde also ein Projekt von mehreren Monaten werden, seinen Kletterer zu finden.

# 6| Gibs ihm!

## ... ÜBERWÄLTIGT ...

»Sportlich zu sein heißt aber noch lange nicht, auch gut kämpfen zu können«, setzte Judith Mo auseinander. Dabei schlug sie immer wieder mit beiden Handkanten auf den Tisch, um ihre Argumente kraftvoll zu untermauern.

»Ich hätte auch gern einen Stalker, oder besser gesagt, eine Stalkerin«, murmelte Stefan und erntete von Judith einen Tritt gegen das Schienbein. Er ließ einen Schrei fahren und rieb sich die schmerzende Stelle.

»Das ist nicht lustig, du Arsch«, untermauerte Judith ihren rüden Angriff und widmete ihre Aufmerksamkeit wieder Mo. Sie musterte seinen Körper länger als notwendig und meinte schließlich: »Okay, wenn du dem Irren davonklettern musst, hast du die Nase vorn, außer ...«

»Außer was?«, fuhr Mo sie unabsichtlich schroff an. Vor einer knappen Stunde hatte er wieder eine E-Mail dieses *Künstlers* erhalten. Sie hatte vor wüsten Beschimpfungen und umfassenden Drohungen nur so gestrotzt. Mo war ziemlich mulmig deswegen, hatte vielleicht sogar ein bisschen Angst – aber zur Polizei wollte er damit nicht gehen. Judith gab, um neben dem Studium etwas Geld zu verdienen, einen Selbstverteidigungskurs. Zwar hatte sie angeblich irgendwelche relevanten Gürtel in Karate, aber Mo fand es dennoch grotesk, dass ihm eine Frau, die einen halben Meter kleiner war als er, beibringen wollte, wie man sich selbst verteidigte.

»Außer, er ist ebenfalls ein guter Kletterer«, stellte sie die Überlegung an. »Denk doch mal nach. Falls er nicht gerade im Haus gegenüber wohnt, klettert er vielleicht die Fassaden hoch, um ...«

»Willst du ihm noch mehr Angst machen?«, mischte sich Stefan ein.

»Ich meine ja nur.«

»Du willst mir weismachen, dass du mich überwältigen könntest? Du?«, fragte Mo ungläubig. Er hielt sie trotz ihres Kampfsports für alles andere als einen sportlichen Menschen. Seiner Ansicht nach führte sie nicht gerade ein gesundes Leben, rauchte, trank Alkohol, stopfte Fastfood in sich rein und zockte die Nächte durch. Betrachtete man also die anatomischen Unterschiede und den Grad der Fitness, war er ihr haushoch überlegen.

»Soll ichs dir beweisen?«, fragte Judith provokativ.

»Lass dich darauf bloß nicht ein, Mo!«, warnte Stefan und schüttelte heftig den Kopf.

»Okay.« Mo stand auf. »Beweise es mir.«

»Ich habe dich gewarnt«, murmelte Stefan unheilschwanger und erhob sich ebenfalls. »Ich geh lieber in mein Zimmer, dabei will ich ganz sicher nicht zusehen. Mo, du bist ein Esel.«

»Dass dich jemand überwältigen kann, glaub ich gern«, erwiderte Mo und wurde dann doch etwas stutzig. Hatte diese winzige, leichte Frau etwa diesen Koloss aufs Kreuz gelegt?

»Los, greif mich an«, forderte Judith, ohne in Kampfstellung zu gehen. Sie blieb einfach lässig sitzen und funkelte ihn mit einem überlegenen Grinsen an.

»Willst du dich nicht irgendwie ... vorbereiten?«, fragte Mo irritiert.

»Auf Überfälle kann man sich nicht vorbereiten – also los – überwältige mich.«

»Ich will dir nicht wehtun.«

»Du solltest dir weniger Sorgen um *mich* machen«, gab sie betont gelassen von sich und begutachtete seelenruhig ihre Fingernägel. Wenige Sekunden später lag Mo verknotet auf dem Fußboden und Judith kniete auf ihm.

»Das gilt nicht. Ich bin extra vorsichtig gewesen«, ächzte Mo. Es war so schnell gegangen, dass er nicht einmal richtig mitbekommen hatte, wie er auf dem Parkett gelandet war.

»Ich auch«, behauptete Judith grinsend. »Willst du es etwa nochmal versuchen?«

Mo konnte nicht auf sich sitzen lassen, dass er von der kleinen Frau besiegt worden war. Das passte nicht zu seinem Begriff von Physik, also ging er auf das Angebot einer weiteren Chance ein. Diesmal hielt er sich nicht zurück, stürzte sich mit voller Kraft auf sie – und landete ein weiteres Mal unsanft auf dem Küchenboden.

»Ich sags dir ja: Klettern und Laufen bereiten dich auf keinen Kampf vor!«, rief Judith triumphierend.

»Ich hab dich gewarnt!«, tönte Stefans Stimme vom Klo her.

»Okay, überzeugt«, ächzte Mo.

## ... UNTER BEOBACHTUNG ...

Vielleicht war es ja eine Form der Selbstgeißelung, aber Mo sah sich die Kunstwerke seines Peinigers immer wieder an und las im Kontrast dazu die zornigen E-Mails. Ihm wollte einfach nicht eingehen, dass ein Mensch, der feinsinnig genug war, so starke und ausdrucksvolle Bilder zu erschaffen, zugleich gefährlich und gestört sein konnte. Andererseits hatte sich Van Gogh nicht sogar ein Ohr abgeschnitten? Mo las auch immer wieder die Beiträge und Kommentare aus dem Forum durch. Mittlerweile konnte er sie sogar verstehen, ohne das Wörterbuch zu benutzen. In all diesen Texten hatte sich der Typ bei weitem nicht so durchgeknallt gezeigt, ganz im Gegenteil, wirkte vernünftig, klug und klar.

Vielleicht handelte es sich um eine gespaltene Persönlichkeit. Einerseits hatte Mo zwar etwas Angst vor diesem Menschen, andererseits aber wünschte er sich, ihm zumindest einmal gegenüberzustehen. Er wollte wissen, was für ein Typ das war, der so viel Arbeit in ein 3D-Modell steckte, das exakt wie Mo aussah, behauptete, damit seinen Traummann erschaffen zu haben, um ihm im Anschluss bitterböse E-Mails zu schreiben. Ein Kerl, der eventuell sogar Hausmauern hochkletterte, um ihn zu stalken, aber niemals persönlichen Kontakt suchte.

Seit einigen Tagen hatte sich Mo angewöhnt, bei jeder sich bietenden Gelegenheit den Stinkefinger Richtung Fenster zu zeigen. Nur zur Sicherheit, falls der kranke Stalker gerade zu ihm hereinschaute. Hin und wieder setzte er sich mit seinem Fernglas ans Fenster und linste von der rechten unteren Ecke hinaus, um den vermeintlich Irren zu suchen. Bisher vergeblich.

Die Belästigung durch Ian-Yery-Fans nahm immer weiter zu. Den Chef freute der plötzliche Kundenandrang, da die meisten Gaffer pro forma ein paar Kopien anfertigten und dabei unablässig zu Mo glotzten, ehe sie sich trauten ihn anzusprechen. Aus irgendeinem Grund ging jeder Einzelne von ihnen aus, Mo etwas völlig neues damit zu erzählen, genau so wie Ian Yery auszusehen. Manche Fans wiederum trauten sich nicht, ihn anzusprechen, sondern starrten ihn nur mit offenem Mund und trägem Blick an wie eine Jahrmarktattraktion. Zumindest stieg vorübergehend der Umsatz. Ein Kollege hatte Mo erzählt, dass man sich mittlerweile sogar in Foren über ihn austauschte, was den massiven Zustrom an Ichbrauche-drei-Schwarzweißkopien-Kunden erklärte.

Judith schlug vor, eine komplette Typveränderung vorzunehmen. Mo könnte sein Haar schwarz färben oder komplett abrasieren. Er könnte sich einen Vollbart wachsen lassen und eine schicke Brille tragen. Aber Mo sah nicht ein, warum er sich wegen einer blöden Computerspielfigur völlig verändern sollte, denn er gefiel sich so, wie er war.

»Der Hype geht schnell vorbei«, beruhigte ihn sein Kollege an besonders harten Tagen. »Vielleicht solltest du die Berühmtheit nutzen. Zieh irgendein Weltrettungsprojekt durch. Erklär den Kiddies, wie wichtig Sport und gesunde Ernährung sind und dass sie aufhören sollen, den ganzen Tag vor dem Rechner zu hocken und Kriegsspiele zu zocken – das wäre doch genau nach deinem Geschmack.«

»Kursieren schon Videos?«, fragte Mo verzweifelt.

Der Kollege blickte zu Boden, nickte leicht und fragte: »Soll ich dir eine Tüte zum Reinatmen bringen?«

# 7| Klammeräffchen

### ... SCHNUCKELIGER TRAINER ...

Nils zupfte nervös an T-Shirt und Trainingshose herum. Er schwitzte, noch ehe das Training begonnen hatte. Da er sich nicht gleichzeitig mit den anderen hatte umziehen wollen, hatte er mit verschränkten Armen reglos auf der Bank gesessen und gewartet, bis alle in der Turnhalle waren. Nun stand er vor dem unüberwindlichen Problem, dass alle bereits drinnen auf ihn warteten und ihn bestimmt anstarren würden, wenn er gleich die Halle betrat. Nils wollte keinesfalls Aufmerksamkeit erregen und nun hatte er genau das provoziert. Selbst Jana war bereits drinnen bei den anderen Kursteilnehmern und hatte bestimmt schon erste Bekanntschaften geschlossen. Vielleicht sollte sich Nils wieder umziehen und schnell abhauen! Es war eine ganz und gar blöde Idee gewesen, hierher zu kommen.

Schon kam Jana in die Umkleide gestürmt. »Wo bleibst du denn? Alle warten nur noch auf dich.« Sie wirkte unbekümmert, gut gelaunt und hochmotiviert, hatte ihr schwarzes Haar zu einem strengen Zopf gebunden, der am Hinterkopf lustig hin und her baumelte.

»Oh Gott!«, stöhnte Nils, senkte den Kopf und verbarg sein Gesicht in den Händen.

»Ja, was trödelst du auch ewig herum?«

»Fangt schon mal ohne mich an«, schlug Nils vor. Dann könnte er unbemerkt abhauen.

»Oh nein!«, rief Jana. »Du kommst jetzt mit rein. Denkst du, ich weiß nicht, dass du abhauen willst?«

»Ich kann nicht«, jammerte Nils.

»Soll ich mein Shirt hochreißen und allen meine Titten zeigen, damit du unbemerkt in die Halle schlüpfen kannst?«, fragte Jana.

»Das würdest du für mich tun?«

»Hast du einen Knall? Natürlich nicht! Entweder du marschierst jetzt da rein wie ein erwachsener Mann, oder ich zerre dich vor allen wie ein vierjähriges Kind in die Halle. Notfalls bitte ich den schnuckligen Trainer, mir zu helfen.«

»Schnuckliger Trainer?« Nils hob rasch den Kopf und sein Mund zwang ihn zu einem Grinsen. Er hasste, dass ihn sein Körper so verriet.

»Seeehr schnucklig«, beschrieb Jana. »Ich glaub, das ist der Mann der Kursleiterin. Also, Nils. Kommst du nun oder soll ich Verstärkung holen?«

»Okay, ich ... komm«, murmelte Nils und setzte sich schweren Herzens in Bewegung.

Beim Eintreten in die Halle senkte er den Kopf, um niemanden ansehen zu müssen, nicht mitbekommen zu müssen, wie er angestarrt wurde. Er spürte, wie seine Ohren rot anliefen, was ihm erst recht peinlich war. Er machte kleine, schnelle Schritte und verspannte seine gesamte Körperhaltung. Kurz zuckten Erinnerungen an die Turnstunden aus der Schulzeit hoch und er rechnete jeden Moment damit, dass er lauthals ausgelacht, mit derben Schimpfworten gedemütigt oder mit Bällen hart beschossen wurde.

Als würde er durch Wasser tauchen, hielt er die Luft an und atmete erst wieder, als er hinter allen anderen, ganz-ganz hinten auf den Matten stand.

»Hallo, ich bin Judith – bei mir lernt ihr, wie ihr euch selbst verteidigen könnt. Das hier ist Mo, ein Freund von mir, der genauso viel Ahnung von Selbstverteidigung hat wie ihr, nämlich gar keine.«

Allgemeines Auflachen.

Nils wagte einen kurzen Blick nach vorn – und erstarrte. »Scheiße«, entfuhr es ihm lauter als beabsichtigt und mindestens sieben Leute drehten sich ruckartig zu ihm um.

»Alles okay da hinten?«, fragte Judith und streckte sich, um den Störenfried sehen zu können. Vergeblich. »Vielleicht kommst du hierher nach vorn, da hinten kriegst du ja gar nichts mit.«

Nils wünschte sich, der Erdboden täte sich auf und verschluckte ihn. Er senkte den Kopf, die Ohren brannten und er betete: »Bitte nicht, bitte nicht, bitte nicht.«

»Nicht? Na, auch gut! Wer nicht will, der hat schon«, meinte die Trainerin und jemand lachte blöd. Judith fuhr mit den Einleitungsworten fort und bat dann die Teilnehmer, für die Übungen Zweiergruppen zu bilden. Obwohl Judith immer wieder anregte, den Partner zu wechseln, um ein Gefühl für die unterschiedliche Konstitution eines Gegners zu bekommen, bestand Nils darauf, einzig und allein mit Jana zu trainieren. Bei jedem Partnertausch klammerte er sich an ihrem Shirt fest, und mit einem genervten Seufzen blieb sie schließlich bei ihm – in der hintersten Ecke des Raumes.

Die ganze Zeit über versuchte Nils unsichtbar zu sein, worin er einige Erfahrung hatte. Dass er dem Kletterer nach all den Jahren ausgerechnet hier begegnen würde, damit hätte er im Leben nie gerechnet. Allerdings fühlte es sich für Nils ein bisschen so an, als begegne er seinem eigenen 3D-Modell. Bisher hatte ihn der Kletterer noch kein einziges Mal richtig angesehen, geschweige denn, so angelächelt wie damals auf dem Festival. Vermutlich erinnerte er sich gar nicht mehr an Nils. Kein Wunder, nicht jeder war ein so verklemmter, naiver Idiot, der jahrelang von einem Mann schwärmte, den er nur einmal kurz gesehen hatte.

Nils verfluchte sich, dass er seinen Körper darauf abgerichtet hatte, bei Ian Yerys Anblick abzuspritzen. Er war so geil, dass er keinen klaren Gedanken mehr fassen konnte, bereits mit der Idee spielte, kurz aufs Klo zu verschwinden, um sich Erleichterung zu verschaffen. Immer wieder versuchte er voller Verlangen Blickkontakt mit dem Kletterer – Mo – herzustellen. Nils wünschte sich nichts so sehr, wie wieder dieses Lächeln zu sehen, das ihm dieser schöne Mann vor Jahren auf dem Festival geschenkt hatte. Aber da kam nichts. Der rotblonde Hüne wirkte ernst, angespannt und nahm ihn gar nicht wahr.

»Auch ihr – immer schön eure Trainingspartner wechseln!«, forderte Judith, als sie die Bewegungen von Nils und Jana überprüfte. »Ich hab gesehen, dass ihr bisher mit niemand anderen geübt habt.«

»Mein Bruder hat ein Problem mit fremden Menschen«, erklärte Jana geradeheraus. Sie war bereits ziemlich genervt davon, dass sich Nils so an sie klammerte.

»Jana!«, zischte Nils entsetzt. Wie konnte ihm seine Schwester nur so in den Rücken fallen! Hatte sie nicht angeboten, mit ihm mitzukommen, um ihm beizustehen? Ohne dieses Angebot wäre er doch gar nicht erst hierhergekommen!

»Verstehe. Das Problem kriegen wir in den Griff«, erklärte Judith, lächelte Nils aufmunternd zu und drehte sich um. »Moohoo!«

Der Kletterer ließ eine ältere Dame ins Leere boxen und sah sich nach Judith um.

»Komm mal bitte her, wir haben eine kleine Herausforderung!«

»Nein!« Panisch machte Nils einen Schritt rückwärts.

»Keine Panik«, sagte Judith in beruhigendem Tonfall. »Der Mo ist ein ganz Lieber, der tut dir nix, für den kann ich meine Hand ins Feuer legen.« Sie redete über ihren Freund geradewegs so, als spräche sie über einen Hund.

Nils packte Jana mit beiden Händen am Handgelenk. »Bitteee!«

»Wie alt bist du denn, sag mal!«, fauchte sie und löste sich aus seinem festen Griff.

»Du hast es versprochen!«, quengelte Nils, da stand Mo auch schon vor ihm – ein breites, hocherfreutes Lächeln.

»So sieht man sich wieder!«

»Ihr kennt euch?«, fragten Jana und Judith gleichzeitig.

»Nein!«, rief Nils.

»Doch!«, sagte Mo, »aber sicher!«, und versuchte – unnötigerweise – Nils die Begegnung in Erinnerung zu rufen. »Auf dem Festival. Ich bin mir sicher, du erinnerst dich.«

»Nein, keinen Schimmer«, log er und bekam kaum Luft vor Aufregung.

»Nils ist etwas schüchtern«, erklärte Judith, als wäre er ein Kind, das fremdelte.

Am liebsten wollte er laut losheulen, so peinlich wurde ihm die Situation.

»Ihr trainiert jetzt ein bisschen zusammen«, forderte Judith und wandte sich den anderen Kursteilnehmern zu.

Jana lief hinüber zu der alten Frau, die Mo stehenlassen hatte, und Nils wäre ihr am liebsten hinterhergelaufen. Wie konnte sie ihn so im Stich lassen?

»Nils!« Mo ließ sich den Namen auf der Zunge zergehen wie eine delikate Süßigkeit. »Sehr schöner Name.«

»Mhm!«, brummte Nils und kratzte sich nervös an der Schulter.

»Also, *Nils*, dann wollen wir mal, oder?«, schlug Mo vor und betonte den Namen wieder, als wäre er heiß und lecker.

Nils nickte. Er versuchte, sich so intensiv wie möglich auf die Bewegungstechnik zu konzentrieren, versuchte auszublenden, dass er die Übungen ausgerechnet mit Mo machte, spulte die Bewegungen ab, als läse er ein Lehrbuch. Es war fast so, als wäre er nicht persönlich anwesend, träumte das alles nur, klinkte sich irgendwie aus der Situation aus. Zugleich bereute er jedoch genau das. Er hätte die Berührungen lieber gespürt, hätte sich gerne mit Mo unterhalten, auf seine Versuche, mit ihm in Kontakt zu treten, reagiert. Hätte, hätte, hätte. Aber Nils konnte nicht aus seiner Haut. Ihm war bewusst, dass er es vermasselte, und konnte es doch nicht ändern. Je netter Mo zu ihm war, je mehr er sich darum bemühte, Nils zum Lachen zu bringen, dazu zu bringen etwas lockerer zu werden, umso verzweifelter wurde Nils. Das Gefühl, deswegen ein Versager zu sein, dominierte irgendwann alles, seine komplette Wahrnehmung. Es war die schlimmste Stunde seines Lebens.

Dennoch erklärte er Jana auf dem Heimweg mit glühenden Wangen, dass er nächste Woche wieder mitkommen würde. Sie hatte ihn schon gar nicht mehr fragen wollen, da sie davon ausgegangen war, dass Nils nach der ersten Einheit ohnehin dem Kurs fernbleiben würde.

»Es ist wegen diesem Moritz, oder?«

»Nein.«

»Übrigens, Judith hat mir erzählt, dass er ihr Mitbewohner ist, und er ist schwul. Ist das nicht großartig?«

»Was?« Nils stolperte über den Randstein.

»Und er ist Single«, erzählte Jana, »Ich hab ihr gesagt, dass du ebenfalls schwul und Single bist ... sie meint, ihr würdet gut zusammenpassen.«

»Was? Du hast ... ihr habt ...« Nils wusste nicht, welche Gefühle ihn mehr überwältigten. Die Wut darüber, dass seine Schwester irgendwelchen Wildfremden alles Mögliche über ihn erzählte, oder die heimliche Euphorie, dass man ihn und Mo bereits als Paar sah. Letzteres entsprach seinen absoluten Lieblingsfantasien. Auch wenn Nils nicht die geringste Ahnung hatte, wie er es anstellen sollte, aber er wünschte sich nichts sehnlicher, als dass es diesmal klappen würde.

# 8| Im Saftladen

### ... ERSTE HILFE ...

Nils saß an seinem Schreibtisch in der Agentur und löschte die mühsam erstellte Liste sämtlicher Copyshops in dieser Stadt. Er hatte seinen Ian Yery gefunden. Ob Moritz wusste, dass es eine Computerspielfigur gab, die ihm nachempfunden war? Damit konnte Nils vielleicht bei ihm punkten. Jetzt, wo er hier fern dieses Mannes saß, wusste Nils hunderte Themen, die er Moritz erzählen und tausend Dinge, die er ihn fragen wollte, aber er wusste nur zu gut, wie es laufen würde, wenn er ihm im nächsten Kurs wieder begegnete. Ihm würde nichts mehr von alledem einfallen. Wüste im Kopf. Ob er sich ein paar Stichworte auf die Hand schreiben sollte?

»Nils, haben Sie Kapazitäten frei?«, wurde er aus seinen Gedanken gerissen. Der Chef stand vor ihm und schwenkte eine Aktenhülle.

»Immer«, meinte Nils übereifrig und erntete einen seltsam überraschten Blick. Nein, verkaufen konnte er sich wirklich nicht gut. Erst jetzt bemerkte Nils, dass seine Antwort mehr als nur ungeschickt gewesen war.

»Ich hab hier einen Erste-Hilfe-Auftrag«, erklärte der Chef und warf ihm die Aktenhülle zu, in der einige Ausdrucke und eine CD steckten.

*Erste-Hilfe-Aufträge* nannte der Chef Sujets, die von irgendwelchen Laien im privaten Umfeld eines guten Kunden gesetzt worden waren, und die sich damit überfordert hatten. Meist handelte es sich dabei um reinen Service zur Bindung größerer Kunden – also Rettung ohne Bezahlung. Die Entwürfe waren in der Regel eine reine Katastrophe. Da sich alle anderen Kollegen für solche Aufträge zu schade waren, landeten sie meist bei Nils. Er machte sie gern, da sie eine willkommene Abwechslung zu den üblichen Speisekartenpreisänderungen waren. Er hoffte außerdem, an ihnen beweisen zu können, dass er mehr drauf hatte. Am Ende dieser Aufträge gab es zwar immer äußerst zufriedene Kunden, die für die kleinen Meisterwerke noch nicht einmal etwas zahlen mussten, den Chef aber interessierten diese Ergebnisse nicht. Für ihn war die Sache in dem Moment vom Tisch, sobald er sie Nils übergeben hatte, danach wollte er nichts mehr davon hören oder sehen.

Nils schaute die Unterlagen durch. Jemand hatte versucht, den Werbefolder für einen Kletterverein zu setzen und sich dabei gnadenlos verheddert. Die Grundidee des Sujets war noch nicht einmal schlecht – allerdings reichten die dafür benutzten Programme nicht aus, das alles auch so umzusetzen. Nils würde nicht einmal zwei Stunden benötigen, um daraus anständige, brauchbare Daten zu zaubern.

Der Auftrag ließ seine Gedanken Richtung Mo abschweifen. Er dachte an die Berührungen bei den gemeinsamen Übungen im Selbstverteidigungskurs. Nils' Bauch kribbelte und sein Schwanz pochte.

Da kam plötzlich eine E-Mail herein – von diesem Verrückten. Verdammt! Innerhalb von Sekunden wurde aus der sexuellen Erregung grelle Panik. Auch wenn er wusste, dass es klüger war, diese E-Mail nicht hier auf der Arbeit zu lesen, zumindest wenn er heute noch etwas schaffen wollte, konnte Nils der Verlockung nicht widerstehen.

Die Worte des Wahnsinnigen waren zwar weniger offensiv als letztes Mal, dafür aber gespickt mit versteckten Drohungen. Es ging schon längst nicht mehr um das ursprüngliche Thema, falls es überhaupt je sachlich darum gegangen war, sondern nur noch darum, einander wüste Pöbeleien an den Kopf zu werfen. Nils behagte diese Veränderung in der Wortwahl des Verrückten nicht. Sie wirkten weniger verrückt, sondern vielmehr, als säße da ein richtig Krimineller, der ihn systematisch fertigmachen wollte.

Soweit also dazu, dass er innerhalb von zwei Stunden den Erste-Hilfe-Auftrag erledigen könnte. Vor lauter Panik konnte Nils keinen klaren Gedanken fassen. Er verfluchte sich dafür, die Gaspistole nicht mitgenommen zu haben. Nach nur einer einzigen Einheit in Selbstverteidigung war er gewiss noch lange nicht bereit, sich gegen einen gefährlichen Irren zur Wehr zu setzen.

## ... REVANCHE ...

Mo irrte durch den unübersichtlichen Gebäudekomplex und las bei jedem Hauseingang die Schilder. Er hatte den Auftrag erhalten, die mehr als gelungenen Sujets für den Verein abholen, um die Folder im Copyshop zu drucken. Die ganze Angelegenheit war ihm ein bisschen peinlich, denn ursprünglich hatte er die Unterlagen selbst setzen wollen und sich im Verein dazu noch großmäulig hervorgetan. Doch dann hatte er weder die Zeit noch die Nerven dazu gehabt – woran einzig und allein der irre Stalker Schuld war. Okay, und er hatte sich in die Sache verrannt. Immerhin hatte ihm Judith aus der Klemme geholfen, da sie jemanden kannte, der wiederum jemanden kannte, der jemanden kannte, der die Sache wieder geradebiegen konnte. Was auch immer Judith dafür hatte tun müssen, die Agentur, deren Büro er bereits seit einer halben Stunde suchte, hatte die Folder gratis neu gestaltet. Sie waren wirklich großartig geworden.

Endlich fand Mo den richtigen Eingang und betrat das Gebäude. Es wirkte innen genauso heruntergekommen wie außen. Im Fahrstuhl, mit dem er in den elften Stock hochfuhr, roch es sehr eigenartig. Er hätte die Treppe nehmen sollen, aber die Wegbeschreibung der Dame, mit der er telefoniert hatte, orientierte sich ausschließlich am Lift. Mo befürchtete, er würde sich wieder verlaufen, wenn er jetzt auch noch damit begann, hier die Treppe zu suchen.

Die Firma war sehr viel kleiner als er erwartet hatte. Mo hatte eine Menge Agenturen von innen gesehen, als er damals als Fahrradbote gejobbt hatte. Selten war er einer so bedrückenden Atmosphäre begegnet – sie erinnerte an die weihnachtliche Zwangszusammenkunft einer Familie, deren Mitglieder sich weder richtig kannten, noch mochten.

»Ich bin wegen der Druckunterlagen für den Kletterverein da! Ich wurde vorhin angerufen, dass sie fertig sind«, erklärte Mo der dicklichen Dame am Empfang. Der Stimme nach zu urteilen war das die Frau gewesen, mit der er bezüglich der Wegbeschreibung telefoniert hatte.

»Ah!«, quietschte sie unvermittelt auf und Mo erschrak. »Das ist doch der Erste-Hilfe-Auftrag.«

»Nein, *Klettern*«, stellte Mo richtig.

»Ja, ja, der gestalterische Notfall.«

»Ach so – ja.« Mo errötete. Jetzt – viel zu spät – fiel ihm ein, dass er vielleicht ein kleines Dankeschön hätte mitbringen können. Eine Flasche edlen Wein oder einen großen Korb mit frischem, exotischem Obst.

»Niiihiiils, das ist für diiihiiich!«, rief die Dame quer durchs Büro.

Offenbar führte man hier unter Mitarbeitern keine Telefonate. Mo amüsierte sich darüber, innerhalb einer Woche bereits zum zweiten Mal über diesen Namen zu stolpern. Mit einem versonnenen Lächeln dachte er an den schüchternen Mann aus dem Selbstverteidigungskurs, da entdeckte er ihn auch schon, wie er mit rotem Kopf auf ihn zumarschierte.

Mos Herz jubelte, als er den etwas schusseligen und extrem nervösen Kerl sah. Er fragte sich, was wohl dessen großes Problem war. Nils sah gut aus, wirkte sehr nett – er hatte keinen Grund, so extrem verunsichert zu ein. Von Judith hatte Mo erfahren, dass Nils ebenfalls schwul und Single war, was ihm für etwa fünf Stunden ein Dauergrinsen ins Gesicht gezwungen hatte, das er selbst dann nicht hatte ablegen können, als Stefan ihn deswegen ziemlich fies aufgezogen hatte.

Auch jetzt musste er grinsen. Bei Nils' Anblick konnte er glatt die schreckliche E-Mail vergessen, die heute Morgen in seinem Postfach aufgetaucht war. Der Ton seines irren Stalkers war beängstigend schroff geworden und verstörend labil. Er hatte ständig geschwankt zwischen dem stümperhaften Versuch, Frieden zu schließen und ihm zu drohen. Diese unerwarteten Versuche einzulenken, empfand Mo weit gruseliger als die rüde Wortwahl davor. Was plante dieser Irre?

»Nils«, begrüßte Mo den schüchternen Kerl und ließ sich dabei den Namen wieder auf der Zunge zergehen. Er liebte ihn ... also den Namen ... Vielleicht fände Mo Hans-Dieter oder Kevin auch toll, wenn sich dahinter ein Kerl wie dieser Nils versteckte. Die rotleuchtenden Ohren verrieten, wie nervös sein Gegenüber war. Am liebsten hätte Mo ihn umarmt und ihm zugemurmelt, dass es überhaupt keinen Grund gab, solche Angst zu haben. Stattdessen glühte er und musste sich zusammenreißen, Nils nicht hemmungslos anzustarren.

»Ah, *dein* Verein«, murmelte Nils und drückte Mo die CD in die Hand, »Ich habs mir fast gedacht«, fügte er leise hinzu und blinzelte Mo verlegen an.

»Du erinnerst dich also *doch*. Ich hab dir keine Sekunde abgenommen, dass du nicht mehr weißt, woher wir uns kennen.«

»Schon gut«, murmelte Nils, schaute sich mit großen Augen um und zog den Kopf ein. »Ich hoffe, das passt!« Er zeigte auf die CD in Mos Hand.

»Hast *du* das etwa gemacht?«, fragte Mo, und als Nils peinlich berührt den Kopf senkte, plapperte er überwältigt los: »Das ist großartig. Der absolute Hammer. Wirklich! Kann ich mich dafür irgendwie revanchieren?«

Nils' Kinn fuhr hoch und er blickte Mo für einen Moment so intensiv in die Augen, dass diesem ganz anders wurde. Das war kein ängstlicher Blick, aus ihm sprach Neugier und ... Verlangen. Als Feedback auf diese Interessenbekundung regte sich sofort Mos Schwanz.

»Wir haben eine Kaffeekasse«, schlug Nils vor.

»Ich dachte eher daran, gemeinsam essen zu gehen«, erklärte Mo, und zwinkerte vielversprechend.

»Essen gehen?«, entfuhr es Nils ungläubig. »Das wird aber ganz schön teuer!«

Mo musste laut loslachen. Eine solche Reaktion auf eine Essenseinladung – die obendrein so ehrlich wirkte und nicht wie das Kalkül eines Balzversuchs – hatte er noch nie erhalten. Am liebsten hätte er Nils dafür sofort in seine Arme gerissen und geküsst.

»Teuer?«, fragte er stattdessen und musterte Nils von Kopf bis Fuß. Nach einem starken Esser sah er nicht gerade aus, also hatte er vielleicht einen Luxusgaumen.

»Wir sind vierzehn Leute … und die …« Nils wurde leiser, neigte sich ein bisschen näher zu Mo und deutete zu den Büroräumen. »… fressen wie die Scheunendrescher.«

Mo lachte erneut auf und Nils' Ohren färbten sich dunkelrot. Dass er den scheuen Mann so in Verlegenheit brachte, machte Mo ganz weich.

»Ich meinte eigentlich nur uns beide, dich und mich«, erklärte Mo und seine Stimme beschlug dabei. Von einem Moment zum anderen wurde er furchtbar nervös – als hätte sich Nils' Aufregung auf ihn übertragen wie ein Virus. Erst jetzt wurde Mo bewusst, dass er Nils gerade um ein Date gebeten hatte. Eine Absage wäre nun nicht mehr die schlichte Ablehnung eines kleinen Dankeschöns, sondern ein Korb! Mo schluckte schwer und sein Bauch kitzelte. Er würde bald ins Freie stürzen und tief Luft holen müssen.

Nils starrte ihn mit seinen graublauen Augen perplex an. »Aber …«, begann er und Mo spürte schon, wie sich das Herz zusammenzog, da biss sich Nils auf die Lippen und sagte mit heiserer Stimme: »Okay.« Als hätte er sich damit die letzte Kraft abgerungen, taumelte er ein wenig und hielt sich an der Wand fest.

»Cool«, stieß Mo erfreut aus und strich mit einer Hand über Nils' Oberarm. »Wann?«

Nils starrte ihn an, als hätte er Bambi erschossen. Als hätte er die Zusage zum Essen als rein rhetorische Floskel verstanden.

Kurz ließ sich Mo durch diese Reaktion verunsichern, dann erinnerte er sich daran, dass Judith Nils als extrem schüchtern vorgestellt hatte. Vielleicht war es sinnvoller, wenn er einfach einen Vorschlag machte.

»Heute Abend?« Er wollte Nils nicht zu viel Zeit lassen, über das Für und Wider einer solchen Verabredung nachzudenken. Auch Mo war in seiner Jugend schüchtern gewesen und gelegentlich hatte er sich eine Sache anders überlegt, wenn er zu lange darüber nachgegrübelt hatte. Vielleicht wäre es klüger, Nils auf der Stelle zu einem gemeinsamen Mittagessen zu überreden.

»Heute ...«, stammelte Nils und schien nach Ausreden zu suchen.

»Okay, abgemacht«, sagte Mo rasch und ergriff Nils' Hand. Das war gemein. Er hatte ihn überrumpelt. Mo war durchaus bewusst, dass das keine Zusage gewesen war, und erwartete eine Abfuhr. Er wärmte Nils' kühle, nervöse Finger mit seiner Hand und blickte ihm fast schon flehentlich in die Augen.

Plötzlich schnellte ein scheues Lächeln in dieses hübsche Gesicht – dasselbe, das Mo vor drei Jahren schon ganz blöd gemacht hatte. Jenes wunderbare, verhaltene, sympathische Lächeln, zu dem er immer wieder hatte hinsehen müssen. Plötzlich war dieser Tag auf dem Festival ganz nah, wie Nils mit ihm geflirtet hatte und dann auf einmal verschwunden war. Es war genau dasselbe Lächeln jetzt, und statt etwas zu sagen, nickte Nils bloß.

Instinktiv schloss Mo die Hand fester um Nils' Finger, als fürchte er, dieser könne wieder plötzlich verschwinden. »Wenn du mir jetzt auch noch verrätst, wo du wohnst, hol ich dich heute Abend ab.«

»Nein!«, stieß Nils hervor und erschrak über seine eigene Reaktion. »Ich meine ... ich ... wir ...«

»Wir treffen uns am Rathausplatz. Ist das okay für dich?«, änderte Mo rasch mit sanfter Stimme den Plan und Nils nickte erleichtert. »Wunderbar! Dann heute um zwanzig Uhr, ja?«

Nils' Mundwinkel zuckten nach oben und seine Augen glänzten. Mos Herz hüpfte vor Glück. Nils sollte viel öfter lächeln. Wie schön er war, wenn für wenige Sekunden die Anspannung aus seinem Gesicht wich.

Mo wollte nicht gehen, befürchtete, Nils könnte wieder für Jahre verschwinden, sobald er ihm den Rücken zukehrte. Er hielt noch immer die Hand, die sich mittlerweile in seiner erwärmt hatte, drückte sie kurz und ließ sie widerwillig los. Wie sehr drängte es ihn, Nils zärtlich über die Wange zu streicheln, ihn an sich zu drücken und ihn sanft zu küssen. Bei diesen Gedanken zerrte der Faden der Lust an seinem Schwanz und Mo entkam ein verräterisches Ächzen.

»Bis nachher«, erinnerte er noch einmal.

»Gut«, murmelte Nils und senkte den Blick.

»Du kommst sicher!«, forderte Mo.

»Okay«, nuschelte Nils.

»Sag ja«, bat Mo.

Nils zögerte etwas, dann hob er den Kopf und lächelte. »Ja«, hauchte er und lief schon wieder rot an.

Mos Herz machte einen Salto. Am liebsten hätte er auf der Stelle ein Rad geschlagen vor Freude.

Den ganzen Weg bis zum Copyshop legte er laufend zurück und gelegentlich hängte er sich mit einer Hand an die Stange eines Verkehrsschildes und umrundete sie schwungvoll, wie er das als Kind immer getan hatte. Ihm war so leicht zumute wie schon lange nicht mehr. Noch nie hatte ihn ein geplantes Date so ... glücklich gemacht.

Ihm war, als wären die vergangenen drei Jahre nicht richtig passiert, nur in einer Art Traumzustand abgelaufen, und jetzt wäre er erwacht. Seltsam. Wenn er es nicht besser wüsste, könnte er fast meinen er habe sich damals in Nils verliebt und sich daraufhin in einen Winterschlaf begeben, bis er ihn wiederfand. Falls dem wirklich so war, war es ihm bis heute nicht bewusst gewesen. Wie auch? Mo war nicht der Mensch, der sich verliebte nur, weil ein Mann ihm ein paar Mal zulächelte. Hätte er sich tatsächlich schon damals in Nils verliebt, hätte er alle Hebel in Bewegung gesetzt, ihn zu finden, denn dann machte er Nägel mit Köpfen und eroberte. Das war wohl das deutlichste Zeichen, dass er sich nicht verliebt hatte.

Und heute? Mo wusste es nicht so genau, aber er freute sich schon unglaublich darauf, diesem schüchternen Kerl am Abend näherzukommen.

# 9| Date

### ... UFER ...

»Nils«, rief die Sekretärin ihren Kollegen zu sich, nachdem Mo in den Lift gestiegen war. Folgsam trottete Nils zu dem Pult und blickte sie fragend an. »Ist dir eigentlich klar, dass dieser Mann *mehr* will?« Sie hatte einen warnenden Tonfall angeschlagen und musterte Nils eingehend über den Brillenrand hinweg.

»Was?«, fragte Nils verdattert.

»Der will nicht nur mit dir essen – wenn du verstehst, was ich meine«, erklärte sie und fuchtelte mit einer Hand herum, als wäre das Gelenk gebrochen. »Der ist vom anderen Ufer.« Sie kicherte blöd.

Nils' Kinnlade kippte runter. Er war davon ausgegangen, dass in der Agentur alle wussten, dass er schwul war. Zwar hatte er sich nicht extra geoutet, wozu auch, er war hier zum Arbeiten und nicht, um Kontakte zu knüpfen, aber er hatte es auch nie verheimlicht. Andererseits, wie hätten seine Kollegen davon erfahren sollen, er redete kaum mit ihnen, am allerwenigsten über Privates.

»Ich habe dich gewarnt«, summte die Sekretärin, und nachdem Nils keine Worte dazu einfallen wollten, wandte sie sich wieder geschäftig ihrer Arbeit zu.

Mit weichen Knien trottete Nils zu seinem Schreibtisch und ließ sich auf den Stuhl plumpsen.

War das ein ... Rendezvous? Hatte die Sekretärin recht, und Moritz wollte ... mehr? Durch Nils' Bauch flatterte wilde Aufregung. In Wellen peitschte die Erregung durch seinen ganzen Körper. Würde es heute so weit sein und er kam einem Mann endlich näher? Würde er seinen ersten Kuss erleben? Gar Sex haben? Nils wurde fahrig und kurzatmig.

Er musste Jana anrufen und um Hilfe bitten. Vielleicht konnte sie ihn ja beschützen. Was dachte er denn da? Nils *wollte* ja geküsst werden, Sex haben ... das ganze Programm, und zwar lieber heute als morgen. Nähme er seine Schwester zu diesem – Geschäftsessen – mit, würde garantiert nichts mit Moritz laufen. Hachje, allein der Gedanke, dass es möglich wäre, dass etwas laufen könnte, machte ihn geil.

Dann kam die Panik vor dem Versagen. Die Angst, er würde kein Wort rausbringen und Moritz sich wahnsinnig mit ihm langweilen, ihn für einen durch und durch faden Menschen halten und sich angewidert abwenden.

## ... PANIK ...

»Sei nicht blöd«, schalt ihn Jana später an diesem Tag.

»Ich kann das nicht«, jammerte Nils verzweifelt, seufzte, ließ sich auf den Küchenstuhl fallen, stand wieder auf, setzte sich wieder hin, stand wieder auf. So ging es schon die ganze Zeit in einer Tour. Jana half ihm dabei, sich auf das – Date – vorzubereiten und spielte den geduldigen Coach, nachdem er sie fix und fertig angerufen hatte. Am Telefon hatte sie aufgrund seines hysterischen Gebrabbels nicht verstanden, was genau sein Problem war, hatte sich schon die schlimmsten Dramen ausgemalt. Nachdem sie endlich begriffen hatte, dass es nur darum ging, dass Moritz ihren Bruder ausführen wollte, musste sie lachen und meinte, das wäre ja wunderbar. Aber sie hatte leicht Reden. Für sie war so etwas Routine. Nils war noch nie mit jemandem ausgegangen.

»Natürlich kannst du das«, meinte Jana und begutachtete Nils. »Du siehst klasse aus.«

»Das ist nicht mein Problem, und das weißt du auch«, heulte Nils seiner Schwester vor, »Ich werde schweigen wie ein Grab und er wird sich enttäuscht von mir abwenden.«

»Herzchen, der Typ will nicht mit dir reden, der will mit dir ficken«, erklärte Jana lapidar.

Nils zuckte. »Meinst du?« In seiner Stimme schwang eine gewaltigen Prise Hoffnung mit.

Jana musste lachen. »Du hast mehr Angst davor,

mit ihm zu reden, als ihm deinen Arsch hinzuhalten? Und das, obwohl du Jungfrau bist?«

»Ja, erinnere mich nur immer schön daran, ich könnte es doch glatt mal vergessen«, knurrte Nils.

Er hatte ein dunkelblaues, langärmeliges Shirt an, das zwar nicht total eng anlag, aber doch so knapp saß, dass es erahnen ließ, was sein Körper zu bieten hatte. Dazu trug er Jeans, die Beine und Hintern betonten, und – darauf hatte er bestanden – ein Sakko, in dem er sich verstecken konnte. Immerhin konnte Jana ihn dazu überreden, das Samtsakko zu tragen, das er vor einigen Jahren in einem Anfall von Mut erstanden hatte. Bisher hatte sie ihn nur ein einziges Mal in diesem schicken Teil gesehen, und zwar, als er es ihr nach dem Kauf gezeigt hatte. Aber er hatte sich nicht kampflos ergeben, denn Nils hielt das Teil für viel zu aufdringlich, weil es tailliert war und leicht Bordeaux-Rot schillerte, wenn Licht darauf fiel. Der Großteil der Leute sah das vermutlich noch nicht einmal, aber in Nils' Wahrnehmung blinkte es abwechselnd Pink und Purpur.

»Ich komm daher wie ein Rockstar«, jammerte er, und zupfte an seinen Haaren herum. Jana hatte es mit Wachs behandelt und nun war es verstrubbelt und erlaubte sogar einen Blick auf seine Stirn. Nils fühlte sich regelrecht nackt. Er bildete sich nämlich ein, seine übliche Frisur kaschiere so gut das Rotwerden. Allerdings musste er bei einem Blick in den Spiegel zugeben, dass ihm diese Strubbelfrisur wirklich gut stand. Er wirkte offener, weniger verstaubt und nicht ganz so peinlich verschlossen. Wäre er ein anderer, als er war – ein Mann mit Erfahrung – wäre sie sicherlich perfekt gewesen.

»Na, das ist doch super«, freute sich Jana, die das als Kompliment ihrer Stylingfähigkeiten auffasste.

»Ich wecke Erwartungen, die ich nicht erfülle!«, gestand Nils sein Problem.

»Welche Erwartungen weckst du denn deiner Meinung nach? Dass du E-Gitarre spielen kannst?«

»Nein, ... dass ich ...« Nils zupfte an einer Strähne und seine Schwester schlug ihm auf die Finger.

»Dass du was? Ein paar Millionen im Jahr verdienst? Groupies an deiner Tür kratzen?«

Nils musste bei dieser Vorstellung schmunzeln.

»Herzchen, wenn du Nietengürtel, Strapse und Schminke tragen würdest – dann, und nur dann – könnte eventuell jemand den Eindruck gewinnen, du wärst ein Rockstar. Oder, wenn du in zerschlissenen, stinkenden Kleidern herumrennst wie der letzte Penner.«

Da Jana nicht die Zeit hatte zu bleiben, bis sie Nils aus der Wohnung treten konnte, rang sie ihm das Versprechen ab, das Date auf jeden Fall wahrzunehmen.

»Ich rasiere dir im Schlaf eine Glatze, wenn du da heute nicht hingehst«, drohte sie. »Und du weißt, dass ich das wirklich mache.«

Für einige Minuten dachte Nils ernsthaft darüber nach, ob es nicht einfacher wäre, einige Wochen mit einer Glatze herumzulaufen, als sich heute mit Moritz zu treffen. Immerhin gab es schicke Hauben und Kappen. Außerdem könnte er Urlaub nehmen und daheimbleiben, bis das Haar wieder etwas nachgewachsen war ...

## ... GENUSS ...

Immer wieder fischte Mo das Handy aus der Hosentasche, um auf die Uhrzeit zu sehen. Es war bereits zehn nach acht und keine Spur von Nils. Hatte er ihn also tatsächlich versetzt? Eigentlich – gestand sich Mo ein – eigentlich hätte er das ahnen müssen. Es wäre auch zu einfach gewesen, falls der Kerl tatsächlich so extrem schüchtern war, wie es den Anschein hatte. Trotzdem tat es weh. Mo hatte sich richtig in Schale geworfen. Auch wenn er im Alltag der farbenfrohe Typ war, trug er nun elegante, gedeckte Farben. Ein dunkelblaues Shirt und sein Lieblingsaufrisssakko. Es war dezent und hatte doch dieses gewisse Etwas – tailliert, und wenn das Licht drauf fiel, schimmerte es in einem schönen Dunkelrot – wie teurer Wein. Mo sah damit zwar unaufdringlich aber ziemlich geil aus, ein bisschen intellektuell vielleicht – als wäre er ein Architekt oder dergleichen.

»Hallo«, hörte er hinter sich ganz leise eine männliche Stimme.

Mo drehte sich um und im ersten Moment erkannte er Nils fast nicht wieder. Das lag vermutlich an den Haaren – sie verdeckten nicht das halbe Gesicht. Nils hatte dichte, schön geschwungene Augenbrauen und er wirkte mit dieser Frisur viel offener, nicht ganz so ernst. Vielleicht lag es daran, oder an der Nacht oder am romantischen Licht des Springbrunnens neben ihnen – aber er sah einfach nur wunderschön aus. Mo musste schlucken, da ihm augenblicklich die Kehle austrocknete, sein Herz sich zu einem heftigen Schlag ausdehnte und in seinen Schwanz zischte mit einem fast schmerzhaften Stich heftige Erregung. Nach Essen stand ihm nun ganz gewiss nicht der Sinn. Nils schien überhaupt nicht zu ahnen, wie attraktiv er war, denn er zupfte unsicher an seinem Sakko herum.

»Hallo, Nils. Worauf hast du denn Lust? Chinesisch oder italienisch, oder ...?«, krächzte Mo und räusperte sich. Die dritte Option wagte er nicht auszusprechen, denn Nils' Gesichtsausdruck verriet Panik. Er musterte Mo von Kopf bis Fuß, doch statt eines begehrlichen Funkelns war ihm das blanke Entsetzen ins Gesicht geschrieben.

»Oh Gott, wie peinlich«, stammelte er jammernd, wurde immer kleiner und wirkte, als wolle er gleich davonlaufen.

Um das zu verhindern, streckte Mo rasch einen Arm aus und packte Nils am Oberarm. Diese Berührung zündete einen Funken. Nils fühlte sich gut an.

»Was ist denn los?«, fragte Mo beunruhigt und blickte an sich runter – offenbar störte sich Nils an seinem Körper. Damit wäre er aber der erste Mann, der an ihm etwas auszusetzen hatte. Vielleicht ließ sich Nils auch durch die verräterische Beule verunsichern. Angesichts der Tatsache aber – das war Mo nicht entgangen – dass Nils ebenfalls eine verdächtige Ausbuchtung im Schritt vorwies, würde das doch etwas seltsam anmuten. Nils machte Mo mit diesem Blick ganz nervös.

»Wir haben das Gleiche an«, stieß Nils verzweifelt hervor.

Mo verglich ihre beiden Outfits und begann laut zu lachen. Ein Stein fiel ihm vom Herzen. »Tatsächlich. Partnerlook. Ist das nicht witzig?«

Nils starrte ihn irritiert an. »Nein.«

Damit rammte er Mo damit eine mentale Faust in den Bauch. Mos Kinnlade klappte runter, er blinzelte ungläubig.

»Aber warum denn nicht?«

Nils schaute gequält drein, während er sich die Argumente zurechtlegte. »Die Leute glauben noch, wir wären ein ... ein ... ein Paar«, brachte er endlich hervor und wurde gegen Ende des Satzes so leise, dass Mo das letzte Wort kaum noch hören konnte. Es brauchte eine Weile, bis es ankam, dann zwang es ihm ein breites Grinsen ins Gesicht.

»Wäre das denn sooo schlimm, wenn sie das denken«, fragte Mo. Seine Bauchmuskeln verspannten sich, er hatte Schiss vor der Antwort.

Nils hob den Kopf und funkelte Mo verblüfft an. »Aber das sind wir doch nicht.«

»Ja und?« Mo zuckte mit den Schultern. »Was interessiert dich, was die Leute über uns denken?«

»Ja aber ...«

»Ja aber was?«

»Wenn sie ... wenn sie uns blöd anschauen ... und ...« Nils senkte beschämt den Kopf.

Bestürzt blickte Mo ihn an. Es war über zehn Jahre her, dass auch er sich mit so unsinnigen Gedanken gequält hatte, was andere Menschen über ihn denken könnten. Obwohl Nils mindestens Mitte zwanzig sein musste, wirkte er mit dieser Angst wie ein Teenie.

»Wenn du die Gedanken anderer Menschen steuern willst, musst du mit Charles Xavier ausgehen«, meinte Mo, legte einen Finger unter Nils' Kinn und zwang ihn, ihm ins Gesicht zu sehen. Am liebsten hätte er ihn jetzt geküsst, aber es war wohl der falsche Zeitpunkt dafür.

»X-Men!«, erriet Nils die Anspielung und ein wunderbares Lächeln breitete sich auf seinem Gesicht aus. »Zu alt«, kicherte er und auf einmal schien alle Anspannung aus ihm herauszufließen. Er strahlte Mo begehrlich an. Wow! Mos Lippen kribbelten im Verlangen nach einem Kuss, sein Bauch spielte völlig verrückt und er konnte an nichts anderes mehr denken, als daran, dass er Nils wollte. Und zwar mit Haut und Haar. Ihn jetzt nicht sofort an sich zu drücken und ihn zu küssen erforderte fast übermenschliche Kräfte, aber er befürchtete, Nils damit zu überrumpeln. Auf einmal war *Mo* derjenige, der kein Wort mehr herausbrachte.

»Chinesisch«, sagte Nils mit ungewohnt entschlossener Stimme und atmete befreit auf.

»Chinesisch?«, faselte Mo verwirrt. In seinem Kopf herrschte akuter Blutmangel – die Botschaft ergab für ihn gerade überhaupt keinen Sinn.

»Essen«, erinnerte Nils, »... chinesisch.«

»Ach ja ... Richtig«, murmelte Mo zerstreut und ließ Nils los. »Sehr gut ... ähm ... gute Wahl.« Mo vergrub die Hände in den Hosentaschen, um ihr Zittern zu verbergen. Warum bloß war er auf einmal so schrecklich nervös? Wie ferngesteuert marschierte er los.

»Ich muss dich warnen«, begann Nils, nachdem sie einige Meter gelaufen waren. Er starrte aufs Pflaster vor ihren Füßen und ohne Mos Reaktion abzuwarten, fuhr er fort: »Ich tu mich schwer mit dem Reden. Also ich meine ... du hast es sicher schon mitbekommen ... ich bin ziemlich schüchtern. Oft – ich weiß nicht – oft ist es dann so, als ob in meinem Kopf nur Wüste wäre. Ich will etwas sagen, aber es geht einfach nicht. Das ist dann nicht böse gemeint und es heißt auch nicht, dass ich desinteressiert bin, ich ... das ist nur nicht so einfach für mich ...«

Mo betrachtete Nils von der Seite und schmunzelte. Aus dem vorgeblich Schüchternen sprudelten die Worte nur so heraus und er schien es nicht einmal zu bemerken. Die Art, wie Nils daherredete, war irgendwie verdreht, amüsant, neurotisch und liebenswert. Mo hörte nur zu und sagte kein Wort, um den Redefluss nicht zu unterbrechen.

Nils hörte selbst dann nicht zu reden auf, als sie das Restaurant betraten und ihnen eine freundliche Asiatin ihren Platz zuwies. Erst, als ihm die Kellnerin die Speisekarte vor die Nase hielt, verstummte Nils, erstaunt über seinen vorangegangenen Wortschwall.

Mo grinste bis hinter beide Ohren. Dieser Kerl machte ihn mehr als nur an. Er war so erfrischend natürlich, strahlte trotz seiner Schüchternheit eine tiefe innere Stärke aus. Er schien nicht die geringste Ahnung zu haben, wie anziehend er war, was ihn erst recht liebenswert machte, da er keine Show abzog. Überhaupt kam Nils ehrlich rüber, nicht annähernd berechnend.

Mo bemerkte es erst, dass er Nils hemmungslos versonnen angrinste, als dieser rot wurde, seine Mundwinkel unsicher zuckten und er zu stammeln begann:

»Was ist? ... Hab ich ... etwas ... Falsches ...?«

»Nein, überhaupt nicht«, sagte Mo mit belegter Stimme. Das Blut strömte abwärts in seinen Schritt und hinein, in die immer heftiger pochende Erektion. Um Nils nicht weiter zu verunsichern, schlug Mo die Speisekarte auf und vertiefte sich in die darin befindlichen Hieroglyphen. Er war unfähig, sich aufs Lesen zu konzentrieren, geschweige denn, eine Auswahl zu treffen, und als die Kellnerin die Bestellung aufnahm, zeigte er wahllos auf eine Zeile.

»So, so, du bist also schüchtern«, brummte Mo, als die Asiatin mit den Karten davoneilte. Seine Stimme wurde dabei ganz tief, der Blick ebenfalls. Er hatte es nicht geplant, aber es kam ziemlich anzüglich rüber. Diesen Ton schlug er für gewöhnlich an, wenn er dabei war, jemandem die Kleider vom Leib zu reißen. Mo räusperte sich verlegen, lehnte sich zurück und schob mit den Fingern das Besteck hin und her.

»Ganz schrecklich schüchtern sogar«, erklärte Nils arglos, nickte zur Bekräftigung und strahlte Mo bis über beide Ohren an. Offensichtlich hatte er die Anmache nicht bemerkt.

Von der Schweigsamkeit, vor der Nils ihn auf dem Weg hierher gewarnt hatte, fehlte jede Spur. Kaum standen die Getränke auf dem Tisch, plapperte Nils wieder fröhlich drauflos. Mo war dankbar darüber, denn sämtliche unverfängliche Themen für eine harmlose Konversation verweigerten beharrlich den

Zugriff. Er konnte nur an das Eine denken. Während Nils von – weiß Gott was – erzählte, stellte er ihn sich nackt vor, fragte sich, wie er wohl schmeckte. Er gab sich den logistischen Überlegungen hin, ob er Nils nachher zu sich mit nach Hause mitnehmen würde, oder ob sie nach dem Essen bei Nils landen würden. Ihm wurde heiß bei den Überlegungen, ob sie es einmal oder gleich mehrmals treiben würden, wie Nils aussah, wenn er kam und wie sein Stöhnen klang. Vielleicht hätte Mo Nils vorhin doch einfach küssen sollen, dann wäre ihm Umweg über das Essen vielleicht erspart geblieben. Stille Wasser sind tief, erinnerte sich Mo an dieses bekannte Sprichwort. Nils war zwar im Augenblick alles andere als still, dennoch fragte sich Mo, ob der Spruch seine Berechtigung hatte. In der Tat hatte er schon öfter davon gehört, dass gerade die Schüchternen im Bett richtig abgingen.

Das Essen wurde allmählich kalt, ohne dass er es angerührt hatte. Mo hatte keinen Appetit, er wollte nicht essen, er wollte Sex. Am besten sofort, aber Nils war sicher nicht der Typ, der mit ihm mal schnell auf die Toilette ... Was dachte Mo da? Das wollte er doch gar nicht – eher wünschte er sich alle Gäste weg und ein riesiges Bett hierher, um Nils nach Strich und Faden zu verwöhnen und sich von ihm verwöhnen zu lassen. Er wollte die ganze Nacht an ihm lecken, lutschen, saugen, ihn ficken und sich ficken lassen. Er wollte alles mit ihm machen. Mal wild wie Tiere, dann wieder sanft und zärtlich ...

»Das musst du mal probieren«, platzte Mo auf einmal mitten in Nils' Schilderungen von ... ja, von was eigentlich? Auch Nils hatte auf seinem Teller bisher nur wild herumgerührt aber kaum etwas gegessen. Mo hatte keinen blassen Schimmer, was er sich da eigentlich bestellt hatte – es war ihm auch herzlich egal. Es ging nicht darum, dass es so toll schmeckte, dass er Nils unbedingt davon kosten lassen musste. Seine Intention lag viel ... tiefer. Er wollte sehen, wie Nils den Mund öffnete, um nach einem Stückchen Fleisch zu schnappen. Er wollte ihm dabei tief in die Augen sehen und ihm klar machen, dass das hier das Vorspiel war.

»Was ist das überhaupt?«, fragte Nils arglos und warf einen interessierten Blick auf Mos Teller.

»Ente«, riet Mo ins Blaue.

»Hab ich noch nie gegessen«, gestand Nils.

»Also willst du nun kosten?«, schnurrte Mo mit tiefer Stimme und hob auffordernd die Augenbrauen. Nils nickte und wollte mit dem Besteck auf Mos Teller greifen, da streckte ihm dieser einen Bissen über den Tisch entgegen. Irritiert zuckte Nils zurück und beäugte das Stück undefinierbares Irgendwas, das ihm Mo zwischen Stäbchen geklemmt vor die Nase hielt. Er zögerte einen Augenblick und lächelte Mo verunsichert an, als hielte er es für total albern, gefüttert zu werden. Mo erwiderte den Blick auffordernd, begehrlich, fand das überhaupt nicht albern. Nils' Zögern erregte ihn. Endlich öffnete der hübsche Kerl den Mund, um nach dem dargebotenen Bissen zu schnappen. Mo zog ihn ein bisschen zurück und weidete sich daran, wie Nils den Kopf reckte, um begierig das Stück Fleisch zu erwischen. Ein erregtes Keuchen drang aus Mos Kehle. Das war einfach nur

... wow. Er wetzte unruhig hin und her, doch Nils hatte scheinbar überhaupt nicht begriffen, dass dies hier eine Anmache sein sollte. Er kaute genüsslich vor sich hin, blickte dabei durch den Gästeraum und nickte.

»Ist wirklich gut!«, murmelte er, nachdem er runtergeschluckt hatte. Für einen Augenblick fühlte sich Mo richtig schäbig. Hatte Nils sich absichtlich begriffsstutzig gestellt, weil er kein Interesse hatte, oder bemerkte er wirklich nicht, was Mo von ihm wollte?

»Willst du nochmal?«, fragte Mo mit tiefer Stimme und funkelte sein Gegenüber anzüglich an.

Nils' Mundwinkel zuckten unschlüssig, dann huschte ein Lächeln in sein Gesicht und er nickte. Mos Schwanz drängte sich heftig gegen den Hosenstall, als er einen weiteren Bissen zwischen die Stäbchen klemmte. Ehe er es Nils entgegenstreckte, suchte er dessen Blick, versenkte sich einige Sekunden darin, bis dieser ganz unruhig wurde. Mo hielt Nils' Blick gefangen, als er ihm den Bissen ganz langsam in den Mund schob und dabei über dessen Lippen streifte. Danach ließ er die Stäbchen für eine Sekunde an Nils' Mund verweilen und drückte sie sanft auf dessen Unterlippe. Nils blinzelte verstört und ruckte zurück, wandte sich seinem Teller zu und stocherte im Essen herum. Mos Herz zog sich zusammen. Jetzt hatte der Hübsche wohl begriffen, was Mo mit dem Füttern beabsichtigt hatte, aber die Reaktion enttäuschte ihn. Er hatte Nils offenbar brüskiert.

»Sorry«, murmelte er leise. Vielleicht sollte er etwas weniger mit seinem Schwanz denken.

»Nichts passiert«, meinte Nils lapidar, drückte mit dem Finger auf seiner Unterlippe herum und lächelte. »Ist noch ganz.«

Mo starrte Nils verdattert an. Er dachte, das war ein ... Unfall?

»Nils, das war nicht ... das war ...«, stammelte Mo und stolperte über Nils' entwaffnend naiven Blick. Konnte dieser Mann wirklich so ahnungslos sein? Vielleicht hatte er Nils von Anfang an falsch eingeschätzt. Er hatte vielleicht nie mit ihm geflirtet, sondern war eben einfach nur *nett?*

»Was ist denn?«, fragte Nils ... unschuldig.

Mo seufzte tief und beschloss, die Strategie zu ändern. »Du hast da was«, behauptete er nun und tippte an sein Kinn. Nils erschrak, rieb sich über den Kiefer, wischte um seine Lippen und zur Sicherheit auch noch über die Wangen.

»Schon weg?«, fragte er gehetzt. Da dort nichts gewesen war, konnte es auch nicht weg sein. Mo schüttelte den Kopf und grinste Nils mit funkelnden Augen an.

»Nein ... soll ich?«

Nils rieb sich nervös die Nase, ließ mit vor dem Mund gehaltener Hand den Blick verunsichert durch den Gastraum schweifen und nickte verschämt. Dann neigte er sich Mo entgegen, bot ihm sein Kinn, wobei er scheu seinen Blick streifte. Wow. Mo wurde ganz eng ums Herz. Aus Nils' Verhalten wurde er nicht so recht schlau. Wenn er von ihm nichts wollte, warum ging er dann trotzdem auf ihn ein? Wieso ignorierte er einerseits die eindeutigen Avancen, bot sich ihm aber dennoch so bereitwillig an? Mo streckte den Arm aus, befühlte Nils' Kinn, strich mit dem Daumen zärtlich über dessen Mundwinkel, und, mit etwas mehr Nachdruck, über die Unterlippe. Dabei betrachtete er eingehend diesen schönen Mund. Das war nicht mehr missverständlich. Nils gab nach, ließ seine Lippen weich werden, seine Augen flatterten und er sog erregt nach Luft. Mo grinste. Sein bestes Stück kribbelte fordernd, und er ließ den Daumen auch noch langsam über Nils' Oberlippe streichen, ergötzte sich am willig zuckenden Mund und dem verklärten Blick. Jetzt hatte er ihn!

»Ist es weg?«, fragte Nils, nachdem Mo die Hand wieder zurückgezogen hatte.

»Was ist we...«, begann Mo, unterbrach sich und starrte Nils mit offenem Mund an, der – wie um sicherzugehen – noch einmal über seinen Mund wischte.

Als Nils bemerkte, wie perplex Mo ihn anstarrte, huschte ein verzweifelter Blick in sein Gesicht. »Das ist mir so peinlich«, gestand er und fixierte das Tischtuch. »Das gehört zu diesen Dingen ... vor denen ich immer ... immer Angst habe, wenn ich mit Leuten unterwegs bin. Dass ich ... dass ich irgendwas im Gesicht hab und es nicht merke ... nicht bemerke, wie ich mich lächerlich mache ...«

»Nils«, unterbrach Mo ihn mit ruhiger Stimme. »Du hattest da nichts.« Dann neigte er sich vor und beobachtete die Reaktion seines Gegenübers.

Nils blinzelte ihn überrascht an, öffnete den Mund, um etwas zu sagen, schloss ihn jedoch ohne ein Wort wieder.

»Hast du eine Ahnung, warum ich das gemacht habe?«, fragte Mo und spürte, wie ihm vor Aufregung schlecht wurde.

Nils' Gesichtsmuskeln zuckten unschlüssig, dann schüttelte er leicht den Kopf, ohne Mo dabei auch nur eine Sekunde aus den Augen zu lassen.

»Ich wollte dich anfassen«, erklärte Mo und sah Nils tief in die Augen.

Der holte tief Luft, seine Brauen zogen sich zu einer erstaunten Geste zusammen. »Aber wieso?«, fragte er, als hätte er tatsächlich nicht den blassesten Schimmer.

Das konnte doch nicht sein. Mo wurde schwindlig. Er hielt sich am Tisch fest, ächzte, schüttelte den Kopf, schloss die Augen und atmete tief durch. Er konnte sich nicht erinnern, sich jemals so ... verunsichert gefühlt zu haben, und so verdammt nervös.

»Rate mal«, raunte er, stützte die Ellenbogen auf den Tisch, sein Kinn in die Handballen und sah Nils intensiv in die Augen.

»Ich weiß es nicht«, behauptete dieser leise.

»Dann denk mal gaaanz schaaarf nach«, brummte Mo und blickte Nils abwechselnd anzüglich in die Augen und auf die Lippen.

»Das ...« Nils versuchte immer wieder, seinen Blick abzuwenden, doch Mo ließ ihn nicht entkommen. Nils' Hände begannen zu zittern, er wollte sie zurückziehen, doch Mo fing sie schnell ein und drückte sie zärtlich. »Das kann nicht sein«, faselte Nils leise.

»Was kann nicht sein?«, fragte Mo mit warmer, fürsorglicher Stimme.

»Das!«, flüsterte Nils und blickte auf ihre Hände.

»Warum denn nicht? Willst du mich nicht?«, fragte Mo ohne Umschweife. Er war an einem Punkt angekommen, an dem er Klarheit brauchte. Er wollte nicht rätseln und bangen, er wollte endlich wissen, woran er bei Nils war. Er wollte ihn. Nun galt es zu klären, ob Nils ihn auch wollte. Eigentlich hatte er daran keine Zweifel gehabt. Vor drei Jahren nicht, im Selbstverteidigungskurs nicht, und auch nicht heute. Doch diese völlig arglose Reaktion, dass Nils überhaupt nicht auf seine Flirtversuche einging, verunsicherte ihn zutiefst.

»Doch!«, rief Nils lauter aus, als er offenbar beabsichtigt hatte. Sein Blick huschte erschrocken durch den Raum. Er wurde dunkelrot und rutschte immer tiefer in den Stuhl, bald würde er unter dem Tisch verschwinden.

Mo schickte einen erleichterten Stoßseufzer zum asiatischen Drachenhimmel, ließ Nils' Hände los und zerrte an seiner Hose, in der die Dauererektion bereits schmerzhaft wurde.

»Dann lass uns sofort gehen«, sagte er heiser und zückte die Geldbörse.

»Gehen? Wohin?« Nils glupschte Mo aufgeregt an.

»Wohin du willst.« Mo grinste aufmunternd.

Nachdem die Kellnerin abgerechnet hatte, servierte sie Nils und Mo einen klebrig süßen Pflaumenwein. »Aufs Haus«, erklärte sie. Nils schnappte danach und kippte ihn runter, noch ehe Mo mit ihm anstoßen konnte. Als er den Fehler bemerkte, verzog er das Gesicht zu einer gequälten Grimasse.

»Das ... verdammt ... ich ...«, stammelte er.

Mo lachte, leerte sein Gläschen und erhob sich.

Nur wenige Meter, nachdem sie das Restaurant verlassen hatten, tastete Mo nach Nils' Hand. Überrascht stellte er fest, dass dieser sich zwar am ganzen Körper verspannte, jedoch nicht losließ, sondern fest die Finger um seine schloss. Mit jedem zurückgelegten Schritt schien Nils lockerer zu werden. Mo steuerte den hell erleuchteten, beeindruckenden Springbrunnen am Rathausplatz an. Dort hatten sie sich getroffen, dort würden sie sich entscheiden, bei wem der Abend ausklingen – oder eher – erst so richtig beginnen würde.

In Nils' Augen spiegelten sich die Lichter des Brunnens und funkelten voller Verlangen. Er sah hinreißend aus, sexy. Mo wand seine Hand aus Nils' festem Griff, zog ihn an sich heran und legte die Arme um ihn. Wieder konnte er spüren, wie Nils sich verkrampfte, den Atem anhielt und erst nach einer Weile ruhiger wurde, weicher, sich in die Umarmung schmiegte.

## ... ICH ... HAB ...

Dass Mo seine Hand gehalten hatte, war bereits ein Meilenstein in Nils' Erfahrungspool gewesen, aber das hier ... Es war ganz anders, als er sich eine Umarmung vorgestellt hatte. Viel unmittelbarer und nicht ganz so – wolkig und abstrakt. Sie war fest, kompakt, hart, aber schön. In seinen Vorstellungen hatte er nicht bedacht, dass Körper warm waren und pulsierten, dass sie Muskeln hatten und Knochen, dass der andere atmete und dabei über Schläfen und Ohren hauchte und Gänsehaut erzeugen konnte. Von diesen Eindrücken war Nils zunächst völlig überwältigt. Diese unmittelbare Nähe! Das fühlte sich so – geborgen an, aufregend. Er wollte mehr. Er wollte sie ganz spüren, sie aufnehmen und sie sich einprägen für später, wenn er wieder Jahre oder gar Jahrzehnte ohne auskommen musste. Nils wurde nach dieser ungewohnten Berührung richtig hungrig. Er presste sich so fest er konnte an Mo, schlang die Arme um diesen wunderbaren Mann und drückte das Gesicht in dessen Halsbeuge.

»Du erdrückst mich gleich«, ächzte Mo und kicherte.

»Tut mir leid«, murmelte Nils an dessen Hals, »aber das geht gerade nicht anders.«

»Mach nur, ich halte so einiges aus.« Um das zu beweisen, drückte er Nils noch fester an sich ran.

Die Umarmung war eine Wucht, der Hammer, phänomenal, ... irgendwie alles zugleich und doch reichten die Worte dafür nicht aus. Allerdings trübte

Mos Schlüsselbund diese schöne, innige Berührung, er drückte sich unangenehm gegen Nils' Bauch. Um ihn aus dem Weg zu schieben, fuhr Nils mit der Hand zwischen ihre aneinandergepressten Leiber – und erstarrte. Der Schlüsselbund war warm und … eine gewaltige Erektion.

Nils' Fantasien wiesen wohl so einige Lücken auf. Mo stöhnte erregt und drängte seine Härte noch fester gegen die Hand. Nils' Herz hämmerte wild und das Blut rauschte in seinen Ohren. Wie peinlich, er hatte gerade seine Hand beherzt auf Mos Schwanz gelegt! Rasch zog er sie zurück und wollte sich schon beschämt aus der Umarmung befreien, da packte Mo ihn energisch am Handgelenk und schob ihn wieder zur heißen, pulsierenden, harten Stelle.

Nils befürchtete zwar etwas Falsches zu machen, doch seine Neugier war stärker. Es war … interessant, Mos – Geschlecht – zu kneten, durch die Jeans hindurch den Schwanz zu ertasten, die Hoden zu befühlen. Nils gefiel außerdem, dass Mo ihn jedes Mal fester umarmte, wenn er ihn auf die richtige Art berührte, also legte er sich noch mehr ins Zeug. Plötzlich wurde es in Nils' Schritt erregend eng und warm. Als er begriff, dass Mo ebenfalls seinen Schwanz massierte, schoss die Erregung mit einem schmerzhaften Stich in seinen Unterleib. Völlig überrascht davon, wie geil sich das anfühlte, jaulte er überwältigt auf.

Mo schmunzelte. »Vielleicht sollten wir das hier unterbrechen und irgendwohin gehen, sonst fall ich noch hier mitten auf dem Rathausplatz über dich her«, säuselte er dicht an Nils' Ohr und verursachte eine Ganzkörpergänsehaut.

Übereinander herfallen? Meinte Mo ... Sex? Jetzt? Heute? Hier? Gleich?

Nils entfernte die Hand von Mos Erektion und hielt sich an dem Mann fest.

»In allerletzter Sekunde«, keuchte Mo.

Nils spürte, wie sich etwas Warmes, Nasses über sein Ohr hermachte. Das mussten Mos Lippen sein, oder seine Zunge. Es fühlte sich seltsam an, nass eben, aber auch ... ziemlich geil. Nils musste zugleich kichern und stöhnen, woraus ein eigenartiger Grunzlaut wurde, für den er sich prompt schämte. Mo ließ ebenfalls in allerletzte Sekunde von ihm ab. Verdammt! Nils war kurz davor, mitten auf dem Rathausplatz in Mos Armen abzuspritzen.

»Zu dir oder zu mir?«, hauchte Mo und seine Lippen wanderten Nils' Hals hinunter.

»Oh Gott!«, stöhnte Nils überwältigt von diesen heißen Küssen. Den Spruch *Zu dir oder zu mir* hatte er bislang nur in Filmen gehört und für ein billiges Hollywoodklischee gehalten. Aus diesem Grund ging er auf die Frage gar nicht ein. Er hielt sie für einen Scherz.

»Ich bin so scharf auf dich«, raunte Mo. Seine Hände waren auf einmal überall. Sie kneteten Nils' Hintern, streichelten den Rücken, krauschten durchs Haar, strichen die Seiten auf und ab, packten ihn an den Schultern, tasteten über Brust, Bauch, Schenkel ... wussten gar nicht, wo sie zuerst sein sollten, wo sie sich länger aufhalten wollten. Jede dieser Berührungen züngelte durch Nils' Körper, war etwas völlig

Neues für ihn. Er konnte sie gar nicht richtig genießen, weil er viel zu überwältigt davon war, wie es sich anfühlte, berührt zu werden. Er konnte sich nicht hingeben, in seinem Kopf ratterte es ununterbrochen. Was, wenn er enttäuschte, sich blöd anstellte, wenn er mittendrin vielleicht drauf kam, dass er es gar nicht wollte, nicht bereit war für alles? Dabei wollte er es doch so sehr, sein Körper reagierte heftig, begehrte diesen Mann, er spürte wildes Verlangen in sich brodeln – aber eben auch rasende Angst.

Mos Augen funkelten erregt, er neigte den Kopf und betrachtete dabei Nils' Lippen. *Hilfe, der erste Kuss!*, schrillten die Alarmglocken. Nils wünschte zwar sehnlichst, endlich zu erfahren wie ein Kuss schmeckte, aber er hatte Angst, dass diese Berührung enttäuschend war. Hatte ihm nicht das Händchenhalten und Umarmen gezeigt, dass Fantasie und Realität meilenweit voneinander entfernt lagen? Küsse waren in seiner Vorstellung immer etwas ganz Besonderes gewesen. Er hatte sich ihnen in seinen Fantasien stets wesentlich intensiver gewidmet, als dem Sex. Alles musste passen, jede kleinste Bewegung, die Intensität der Berührung ... Er konnte in seinen Gedanken stundenlang an nur einem einzigen Kuss basteln.

Mos Lippen kamen langsam immer näher, warmer Atem strich über Nils' starres Gesicht. Nils versteifte sich und drehte im entscheidenden Moment, zu seiner eigenen Enttäuschung, den Kopf zur Seite. Mos Lippen landeten feucht, weich und warm auf der Wange.

Irritiert schob er Nils von sich.

»Was ist los? Hab ich ... es ist das Essen, oder? Ich hab Mundgeruch!«

Nils' Herz krampfte sich zusammen.

»Nein, das ... ist es nicht.« Ihm war nach Heulen zumute. Verdammt, er war nicht einmal zu einem einfachen Kuss in der Lage!

»Hast du es dir anders überlegt?«, fragte Mo. Seine Stimme klang bedauernd, enttäuscht.

»Ich bin Jungfrau«, platzte Nils heraus.

»Und ich bin Steinbock. Na und? Wählst du deine Liebhaber nach dem Sternzeichen aus?« Mo wirkte erleichtert, lachte.

»Sternzeichen?«

»Na *du* hast doch gerade damit angefangen ... du ... hast ...« Mos Kinnlade klappte runter und seine Augen wurden groß. Er starrte Nils eine ganze Weile belämmert an, während ihm offenbar durch den Kopf geisterte, wie peinlich sich dieser bisher verhalten hatte. »Du hast nicht das Sternzeichen gemeint, oder?«, fragte er, als er seine Fassung wiedergefunden hatte. Mo musterte Nils von Kopf bis Fuß, als könnte er daran ablesen, ob die Information stimmte.

Nils senkte beschämt den Kopf. Das wars dann wohl. Die Sache war doch von vornherein zum Scheitern verurteilt gewesen. Mo war ein erfahrener Mann, hatte sich von diesem Abend sicher etwas ganz anderes versprochen, als sich um einen Absolute Beginner zu kümmern.

»Ich geh dann mal. Danke für den schönen Abend ...«, brabbelte Nils und wollte davonlaufen, als er energisch am Arm gepackt und daran gehindert wurde.

»Wie ist das möglich?«, rief Mo ungewollt ungehalten und musterte ihn erneut von Kopf bis Fuß. »Was stimmt mit dir nicht?«

Nils schluckte.

»Eben das«, murmelte er kläglich.

»Du bist ... mindestens fünfundzwanzig ...!«, rief Mo empört.

»Zweiunddreißig«, verbesserte Nils ihn leise.

Mo schnappte nach Luft. »Zweiunddreißig? Das sieht man dir echt nicht an. Wow.«

»Danke«, nuschelte Nils, aber das machte es nicht besser.

»Aber dann erst recht ... ich meine ... zweiunddreißig ... wie stellt man das an, da noch Jungfrau zu sein?«

»Vielleicht schreist du noch ein bisschen lauter – die Leute in Australien haben es wahrscheinlich noch nicht gehört«, zischte Nils verletzt.

»Fehlen dir irgendwelche Körperteile? Ist deine Haut unter der Kleidung total verbrannt? Hast du irgendwelche Missbildungen? Rück gleich damit raus, ich finde es ohnehin spätestens dann raus, wenn ich dich ausziehe«, sagte Mo und kniff Nils überall.

Dieser wand sich zwar unter diesen Berührungen, wich aber nicht zurück. Durch seinen Kopf polterte Mos Bemerkung. Hatte dieser Mann eben behauptet, er würde ihn *so oder so* ausziehen? Nils wurde schwindelig bei dem Bild, das dabei hochkam. Er und Mo – nackt!

»Es ist alles in Ordnung mit meinem Körper«, murmelte Nils, und fing Mos Hände ein, um sie von sich zu schieben.

»Was ist es dann? Du musst ja ziemlich gerissen vorgegangen sein ... noch nie Sex ... wow ...« Mo taumelte ein bisschen. »Aber du hast schon rumgefummelt, oder? Sag mir, dass du zumindest schon rumgefummelt hast!«

»Ich hab ... rumgefummelt«, gestand Nils leise, und Mo stieß ein erleichtertes Seufzen aus. »Vorhin, ... mit dir«, ergänzte Nils.

»Waaas?«

»Muuuaaahhh!«, schrie Nils auf einmal entnervt, ballte die Fäuste und polterte: »Herrgott, wenn du es genau wissen willst. Bis heute lief gar nichts. Nicht einmal Händchen halten oder Küssen oder Umarmen. Nichts. Nada. Null. Ich weiß, ich bin deswegen ein Freak, jeder Dreizehnjährige hat mehr Erfahrung. Was mit mir nicht stimmt? Ich weiß es nicht, verdammt noch einmal, ich weiß es einfach nicht. Ich wehre keine Verehrer ab, ich strenge mich nicht absichtlich an, um Jungfrau zu bleiben – es passiert einfach. Ich verstehe nicht, wie ihr euch damit so leicht tut. Alle Welt schafft es, rumzuvögeln, selbst die größten Idioten. Scheiße nochmal! Ich weiß einfach nicht, wie man anfängt – wie man erkennt ob ... wie ... verdammt! Lass mich doch einfach in Ruhe!« Nils spürte Tränen hochkommen. Er wollte keinesfalls vor Mo heulen, also drehte er sich rasch um und lief so schnell er konnte davon.

Jetzt hatte er es sich schon wieder vermasselt. Großartig!

Plötzlich legte sich eine Hand auf seine Schulter und hielt ihn an.

»Ich kann dir sagen wieso«, sagte Mo.

Verblüfft fuhr Nils herum und starrte ihn an.

»Du musst schon wesentlich schneller laufen, wenn du mich abschütteln willst«, erklärte Mo. »Du hast kein Selbstvertrauen. Du merkst sehr wohl, wann es zur Sache ginge, aber du kannst dir nicht vorstellen, dass du gemeint sein könntest – und dass du die Erwartungen erfüllen kannst. Du hast panische Angst davor, dich blöd anzustellen, also verschließt du die Augen, um in keine peinliche Situation zu geraten.«

Nils glotzte Mo mit offenem Mund an.

»Woher ...«

»Ich war auch mal jung«, erklärte Mo und grinste. »Zwar nicht so jung wie du, aber ich erinnere mich noch gut daran, wie es war, bevor ich meine ersten Erfahrungen gesammelt habe.«

»Wirklich?«, fragte Nils und schielte auf Mos Lippen. Sie hatten ihn fast geküsst.

»Glaub mir, Nils, die meisten von uns kommen ohne sexuelle Erfahrung auf die Welt. Und fast jeder tut sich am Anfang schwer, Zeichen richtig zu deuten, sich zu trauen ... all das. Die meisten sind nur irgendwann so geil, dass sie alle Ängste über Bord kippen und sich lieber blamieren, als auf Sex zu verzichten.«

»An der Geilheit kanns nicht liegen«, murmelte Nils. Als ihm bewusst wurde, was er gesagt hatte, starrte er Mo erschrocken an. Dann prusteten sie beide los und lachten. Mo machte einen Schritt auf Nils zu, legte eine Hand auf seine Wange und fragte:

»Kann ich also davon ausgehen, dass du einiges nachzuholen hast?«

»Ohhh jaaa.« Nils verdrehte die Augen und grinste.

»Und ...«, Mo fuhr mit dem Daumen über Nils' Unterlippe, »... darf ich dich jetzt endlich küssen?«

Nils schluckte und nickte aufgeregt. Sein Herz hämmerte wild, die Knie wurden ganz weich. Jetzt war es gleich soweit! Zweiunddreißig Jahre Anlauf! Bald war der Bann gebrochen!

»Nils?«, flüsterte Mo.

»Hm?«

»Du siehst mich an, als würde ich dich gleich abstechen. Das macht mich ein bisschen nervös.«

»Sorry ... ich glaub, ich kann nicht anders.«

»Dann mach die Augen zu«, schlug Mo vor.

Mit flatterndem Herzen folgte Nils dem Vorschlag. Jetzt war er nur noch auf seine anderen Sinne angewiesen. Er roch den Pflaumenwein in Mos Atem, hörte in der Ferne Autos fahren, spürte, wie sich ganz sanft Lippen auf seine legten, wie warme, weiche Kissen. Kurz verstärkten sie den Druck, dann entfernten sie sich wieder. Das wars?

»Atme!«, drang Mos dunkle Stimme an sein Ohr.

»Was?« Nils blinzelte – und erschrak, als er sah, wie nah Mos Gesicht an seinem war. Welch ungewohnte Perspektive.

»Du sollst atmen – auch während ich dich küsse, sonst fällst du noch um«, mahnte Mo. »Durch die

Nase«, fügte er sicherheitshalber hinzu. »Und jetzt schließ wieder deine Augen.«

Nils atmete nicht, nein, er schnaufte durch die Nase, heftig und rasch, seine Lippen kitzelten, sehnten sich nach einer weiteren Berührung. Mit sanftem Druck massierten Mos Lippen die seinen, schnappten mal zärtlich nach der Oberlippe, dann nach der Unterlippe – zogen ihn hinein in einen erregenden Rausch. Auch küssen war ganz anders, als in seiner Vorstellung, viel unmittelbarer, inniger, überraschender. Nils wusste nie, was Mo als Nächstes vorhatte, wie er ihn im nächsten Moment berühren würde, wann er an seinen Lippen knabbern und wann daran saugen würde.

Plötzlich wurde Nils davon überwältigt, dass Mo mit der Zunge zärtlich gegen seine Lippen stupste. Er wusste nicht recht, wie er reagieren sollte, also stupste er zurück, traf Mos Zungenspitze, der erregt in den Kuss stöhnte und Sekunden später fand sich Nils in einem leidenschaftlichen Zungenkuss wieder. Er vergaß, die Erfahrung mit seiner Fantasie abzugleichen, war nur noch Fühlen, Kosten, Schmecken, Lecken, Saugen. Mo hielt ihn fest in seinen Armen, was gut war, denn Nils war sich nicht sicher, ob er noch stehen konnte, krallte sich an diesen wohlschmeckenden Mann.

Als sich Mo für eine kleine Pause zurückzog, schnappte Nils gierig nach seinen Lippen – fast so, wie im Restaurant nach dem Bissen Fleisch. Mo lächelte in den Kuss und gab sich der ungestümen, gierigen, ausdauernden Leidenschaft dieses nach Zärtlichkeiten ausgehungerten Mannes hin. Eine halbe

Ewigkeit verbrachten sie so in dieser stillen, lauen Nacht, fest aneinandergeklammert und verschmolzen im innigen Tanz ihrer Lippen und Zungen. Küssen war einfach nur toll. Nils hätte am liebsten nie wieder aufgehört damit. Er wollte mehr, mehr, mehr.

»Hab erbarmen«, schnaufte Mo endlich und taumelte etwas.

»Ist es nicht gut?«, fragte Nils unsicher.

»Nicht gut?«, ächzte Mo, »Machst du Witze? Es ist nur ... ich steh ziemlich gekrümmt da und mit tut schon alles weh davon ...«

»Oh«, machte Nils, wackelte mit dem Kopf und spürte nun ebenfalls den Krampf in seinem Nacken.

»Also wenn du weitermachen willst, dann müssen wir zu dir oder zu mir ... hier auf der Straße ... das geht nicht«, erklärte Mo atemlos.

»Oh, du hast das ernst gemeint«, entfuhr es Nils.

Mo glupschte ihn irritiert an. »Ja was denn sonst?«

»Ich dachte, das wäre ein ... egal. Von hier zu meiner Wohnung brauchen wir etwa zehn Minuten zu Fuß«, erklärte Nils, »oder sogar nur fünf, wenn wir schneller gehen.«

»Zwei, wenn wir laufen!«, überschlug Mo und lachte.

»Okay!« Nils rannte los.

»Moooment!«, rief Mo, »Das hätte ein Scherz sein sollen.« Er schüttelte den Kopf, lachte und lief hinter Nils her.

# 10| In der Höhle des ...

## ... Entwicklungshelfer ...

»So ... da wären wir«, murmelte Nils und schaltete das Licht ein. Er ließ Mo voraus in die Küche treten und schlug hinter sich die Tür zu. Mit wild klopfendem Herzen betrachtete Nils den rotblonden Kerl, der eben seine Wohnung betreten hatte. Er konnte nicht fassen, dass dieser Mann, von dem er drei Jahre geträumt hatte, der Mann, der die Vorlage für Ian Yery war, hier in seiner Küche stand. Noch viel besser: Sie hatten gerade eine Ewigkeit wild miteinander herumgeknutscht. Das war irgendwie – unwirklich. Unglaublich. Am liebsten hätte Nils seine Schwester angerufen und gesagt: ›Rate mal, wer da ist. Rate mal, mit wem ich vorhin eine Stunde herumgeknutscht habe. Rate mal, mit wem ich gleich Sex haben werde.‹ Letzteres war ein nervöser Schlag in seine Magengrube.

»Nett ... gemütlich«, meinte Mo. Er ließ den Blick flüchtig durch den Raum gleiten und wandte sich dann Nils zu, um ihn verstörend intensiv anzusehen.

Sie hatten sich zwar geküsst, aber würde Nils diesen Mann wirklich bald nackt sehen? Er erinnerte sich noch genau an die Sehnen und Muskeln, die er vor Jahren bewundert hatte, als Mo die Kletterwand hoch und runter gekraxelt war. Wow. Der Kletterer stand hier in seiner Küche. Schauer der Überwältigung schwappten in ihm hoch.

»Hättest du vielleicht Wasser für mich?«, bat Mo.

Nils stürzte, dankbar eine Aufgabe zu haben, zur Vitrine, holte ein Glas heraus und befüllte es aus dem Wasserhahn. Mo leerte es in einem Zug, ein einzelner Topfen lief sein Kinn herab und Nils fühlte den Impuls, ihn abzulecken, aber er traute sich nicht.

Mo reichte ihm das leere Glas und strahlte ihn seltsam verzückt an. »Ich kann es immer noch nicht glauben.« Seine Augen glänzten und er musterte Nils anzüglich.

»Was kannst du nicht glauben?«

»Dass ich der Erste sein werde.«

Nils spürte ein nervöses Ziehen im Bauch.

»Ich war noch nie der Erste, also irgendwie ist es auch für mich ein Erstes Mal.«

»Mhm, aha«, machte Nils, senkte den Blick und starrte betreten ins leere Glas.

»Da habe ich eine große Verantwortung«, plapperte Mo weiter, »Immerhin ...«

»Könntest du mir bitte etwas weniger das Gefühl geben, ein Freak zu sein?«, nuschelte Nils und hasste sich im selben Moment für seine harschen Worte.

»Was?«

Oh, je, das war der Anfang vom Ende! Nils war sich sicher, dass Mo jeden Moment abhauen würde. Doch statt zur Tür zu rennen, machte Mo einen Schritt auf ihn zu und nahm ihm das Glas aus der Hand, um es auf dem Tisch abzustellen. Er legte seine Hände auf Nils' Taille, tastete die Seiten hoch, fuhr an ihm herunter und befühlte die Hüften. Unter seinen großen warmen Händen breitete sich Gänsehaut aus. Mo trat noch näher an Nils heran, schlang endlich seine Arme um ihn und hauchte zärtlich:

»Sieh mich an, Nils.«

Zögernd hob Nils den Blick und war überrascht. Mo lächelte. Er war nicht sauer oder angeekelt, ganz im Gegenteil, er strahlte ihn mit intensiver Zuneigung an.

»Wieso fühlst du dich wie ein Freak?«

Nils' Herz raste. Er spürte Mos warmen Körper, der sich immer fester gegen ihn drückte, warme, große Hände, die langsam und voller Verlangen seinen Rücken hoch streichelten.

»Ich hätte es nicht ... erwähnen sollen«, murmelte Nils leise.

»Da bin ich aber anderer Meinung!«, protestierte Mo. »Komm schon, raus damit.«

»Ich will nicht, dass du denkst ... dass du ... dich, wie ein Entwicklungshelfer fühlst«, gestand Nils verzweifelt.

Mo musste laut loslachen. »Bitte was?«, schnaubte er kichernd. »Was redest du denn da für einen Quatsch?«

»Oder Sozialarbeiter oder so was ...«, versuchte Nils zu präzisieren, und wandte sein Gesicht ab. Was war bloß so lustig an dem, was er sagte?

»So weit kommt es noch, dass mich Staaten oder Wohltätigkeitsorganisationen dafür bezahlen müssen, mit dir zu ficken«, amüsierte sich Mo.

»Das ist nicht lustig!«, rief Nils und wand sich aus der Umarmung.

»Doch, das ist es. Du machst ein viel zu großes Drama um das Thema Sex. Da ist es kein Wunder, wenn du ...« Mo bremste, sich gerade noch ab.

»... wenn ich in meinem Alter noch Jungfrau bin? Wolltest du *das* sagen? Für dich ist es vielleicht lustig, aber für mich ... für mich ... ist es eine Tragödie«, erklärte Nils und kämpfte gegen die aufkeimende Verzweiflung an. Das lief alles gar nicht gut. Warum war er nur so wahnsinnig kompliziert?

»Nein, es ist keine Tragödie. Du *machst* es zu einer Tragödie!«

»Du hast leicht reden ...«

Mo griff nach seiner Hand und drückte sie sanft, die Finger der anderen schob er unter Nils' Kinn, hob es an und zwang ihn, ihm ins Gesicht zu sehen. »Es ist *nur* Sex«, sagte er leise und schaute Nils eindringlich in die Augen.

»Haaaa, Haaaa!«, entfuhr es Nils zynisch.

Mos Blick wurde traurig. Er löste sich von ihm, wandte sich ab und machte ein paar Schritte zur Tür. Dort drehte er sich um und frage:

»Ist es dir lieber, wenn ich gehe?«

Scheiße.

Nils sagte nichts. Er nickte nicht, er schüttelte nicht den Kopf, stand nur da wie zur Salzsäule erstarrt und glotzte Mo mit riesengroßen Augen an.

»Schweigen gilt gemeinhin als Zustimmung«, murmelte Mo schließlich, warf Nils einen traurigen Blick zu und verließ die Wohnung.

Die Tür krachte hinter ihm zu – dann war es unerträglich still.

Nils hatte das Gefühl zu Staub zu zerfallen. Alle Energie floss aus ihm heraus. Schwarz und träge breitete sich in seinem Bauch lähmender Schmerz aus. Am liebsten wollte er sterben. Sofort. Da hatte er diesen tollen Mann, von dem er seit Jahren träumte, und mit dem er – oh Gott – mitten auf der Straße wild herumgeknutscht hatte, hier in seiner Wohnung gehabt, und dieser Wahnsinnskerl wollte aus unerfindlichen Gründen Sex mit ihm haben, obwohl er wusste, dass Nils Jungfrau war – und er schaffte es trotzdem, ihn zu verjagen. So eine Chance kam nie wieder, dessen war sich Nils sicher. Es tat so verdammt weh! Er würgte ein qualvolles Schluchzen hervor.

Plötzlich wurde die Tür zu seiner Wohnung aufgerissen. Für einen Augenblick befürchtete Nils, zu allem Überfluss käme nun auch noch der Irre, der ihm diese schrecklichen E-Mails schrieb, und wollte ihn dahinmetzeln. Aber es war Mo! Er kam herein, schlug die Tür hinter sich zu, funkelte Nils wütend an und knurrte:

»Verdammt, so geht das nicht! Ich will dich und ich weiß, dass du mich auch willst, und ich lass verdammt nochmal nicht zu, dass deine Scheiß Angst zwischen uns steht. Und bevor du was sagst: Ich hab auch Angst. Wir alle haben Angst. Du bist nicht der Einzige.« Als er nach Luft schnappte, wollte Nils etwas einwenden, aber Mo hob die Hand und hinderte ihn daran. »Ich bin noch nicht fertig«, keuchte er, »Ich bin nur grad die acht Stockwerke zu Fuß hochgelaufen ... Moment.« Er atmete ein paar Mal ruhig ein und aus. »So, jetzt gehts wieder. Also ... jetzt hab ich den Faden verloren. Ach ja. Ich hatte mir erhofft, dass wir nach dem Essen im Bett landen würden und jetzt muss ich erst mal verdauen, dass das alles nicht so hoppla-hopp geht. Ob dir das gefällt oder nicht – aber ich sehe darin eine große Verantwortung, dir das Erste Mal so schön wie möglich zu gestalten. Vor allem weil ... wenn es ... wenn es gut ist, dann will ich öfter mit dir ficken und das kann ich mir abschminken, wenn ich es dir für immer vermassele. Du musst über all die Jahre eine Wahnsinnserwartung aufgebaut haben. Andernfalls wärst du keine Jungfrau mehr, weil du dann wüsstest, dass es nur Sex ist. Okay, es ist für dich etwas Besonderes – und ich will mich darauf einlassen, gern sogar. Aber erwarte nicht zu viel von mir. Es wird nicht so sein, wie du dir das vorgestellt hast.« Mo blickte Nils erwartungsvoll an und wartete. Da Nils nicht reagierte, sagte er: »Okay. Du kannst jetzt was sagen.«

»In Ordnung«, murmelte Nils.

»In Ordnung?«

»Du hast recht«, gab Nils zu. »Mit allem. Auch wenn ich keine Ahnung hab, woher du wissen willst, wie ich mir Sex vorstelle. Aber – du hast recht.«

»Wirklich?« Mo war irritiert.

»Wirklich«, meinte Nils. »Ich will nicht an deiner Stelle sein. Ich will ja nicht mal an meiner Stelle sein, aber an deiner bestimmt nicht.«

»Verarschst du mich?«

»Nein. Du hast Erfahrung, wirst dir alle Mühe der Welt geben, und dafür nur mittelmäßigen bis schlechten Sex mit einer verklemmten Jungfrau ernten. Für mich wird es auf jeden Fall überwältigend, für dich nur anstrengend.«

»Wow. Du bist völlig neurotisch«, stellte Mo fest.

»Nein, das ist die Wahrheit. Es ist doch so, oder? Das denkst du doch, oder?«

»Wenn ich ehrlich bin«, begann Mo, dachte kurz nach, schüttelte den Kopf und meinte: »Nein, nein, so hab ich nicht gedacht.«

Nils war ehrlich überrascht.

»Und was hast du dann gedacht?«

»Ich hab mich gefragt, wie du nackt aussiehst«, gestand Mo.

Nils stutzte. Dann prustete er los. »Was?«

»Das ist nicht lustig«, erklärte Mo mit gespielt ernster Miene. »Ich habe mir vorgestellt, wie du stöhnst, welches Gesicht du beim Orgasmus machst, und ... ja ... ich will wissen, wie du nackt aussiehst.«

»Äh ... Und *du* redest davon, dass *ich* Erwartungen habe? Über *solche* Sachen hab ich *nie* nachgedacht.«

»Tja, Nils, bis jetzt vielleicht nicht – aber in Zukunft wirst du dich das bei jedem Mann fragen, der dir gefällt. Tja, und du wirst herausfinden wollen, ob du richtig liegst.«

Nils wurde rot. »Das glaub ich nicht.« Er glaubte nicht, dass es viele geben würde. Im Moment reichte ihm einer.

»Abwarten«, sagte Mo und zwinkerte, »Und jetzt zeigst du mir dein Schlafzimmer.«

Schlagartig war sie wieder da, die Nervosität, die Angst. Nils wollte an Mo vorbeigehen, um ihn zu seinem Bett zu führen, da wurde er von ihm gepackt. Der rotblonde Kerl schlang gierig die Arme um ihn, drückte ihn gegen die Wand und schnappte mit den Lippen nach Nils' Mund. Wow. Wild und leidenschaftlich gerieten die Zungen und Körper aneinander und bald spürte Nils wieder Mos *Schlüsselbund*. Die identischen Sakkos blieben auf dem Küchenboden liegen, als sie sich gemeinsam wild küssend in Richtung Schlafzimmer bugsierten. Das Bett war nur mit einigem Wohlwollen unter einem Berg an Büchern, Zeitungen, Magazinen, Zeichnungen und Stiften auszumachen.

»Oh, Sorry!«, stammelte Nils mit hochroten Ohren und kehrte das Zeug mit wenigen ausladenden Bewegungen seiner Arme von der Matratze, sodass es zu Boden polterte. »Ich hab nicht damit gerechnet, dass ich ... Besuch haben werde«, erklärte er.

Sekunden später gab das Bett nach und Mo warf sich der Länge nach auf den Rücken, funkelte Nils herausfordernd an und forderte:

»Küss mich!«

Nils' Herz raste. Es war irgendwie etwas anderes, Mo im Bett zu küssen, liegend, auf der weichen Matratze und zu wissen, *jetzt gehts gleich los.* Er neigte sich über den Traum seiner schlaflosen Nächte und hauchte ihm einen scheuen Kuss auf die Lippen. Mo streckte die Arme aus, zog Nils über sich, streichelte seinen Rücken, knetete seinen Hintern, kraulte seinen Nacken und fuhr durch sein schwarzes Haar. Dabei eroberte er mit der Zunge zäh und fordernd Nils' Mund. Seine Hände wanderten unter das Shirt des erstaunt aufstöhnenden Mannes, strichen warm über die noch gänzlich unberührte Haut. Nils wand sich, immer wieder jagte ein Schauer durch seinen

Körper. Die Berührungen waren so intensiv, ließen ihn fast den Verstand verlieren.

»Zieh dein Shirt aus«, bat Mo und schob selbiges auch schon hoch, zerrte es Nils über den Kopf und warf es durch die Luft. Noch nie hatte jemand Nils mit einem so begehrlichen Blick betrachtet. Mo lächelte. Ihm schien zu gefallen, was er sah. Er setzte sich auf, hauchte Nils einen sanften Kuss auf die Lippen, den Kiefer, küsste den Hals abwärts. Seine Hände legten sich behutsam auf Nils' Schultern und strichen vorsichtig die Arme abwärts.

Nils bebte. Er war überwältigt, wusste gar nicht, wie er das alles verarbeiten sollte. Es fühlte sich so geil an, so gut, so richtig. Er wurde wahrgenommen. Auf positive Weise gesehen, liebevoll berührt, zärtlich behandelt.

»Was ist das?«, flüsterte Mo und ergriff Nils' rechte Hand, berührte sachte den vernarbten Unterarm. Nils' Herz raste. An die Narben hatte er gar nicht mehr gedacht. Würde Mo davon abgestoßen sein? Sie entstellten ihn ja nicht wirklich! Irgendwie, auf eine sehr seltsame Art, war Nils sogar stolz auf sie. Sie ließen ihn gefährlich aussehen, wenn er kurzärmelig herumlief.

»Da hat sich vor einigen Jahren ein Hund verbissen«, erklärte er tapfer und versuchte an Mos Gesicht abzulesen, ob dieser jetzt von ihm angeekelt war.

»Ich meine nicht die Narben, sondern die Tätowierung«, präzisierte Mo. Tätowierung? Nils hatte doch keine … Scheiße! Rasch zog er dem Arm zurück und versteckte ihn hinter seinem Rücken. Panik!

»Lass mal sehen ... was steht da?«, fragte Mo und tastete erneut nach Nils' rechter Hand.

»Nichts!«, behauptete Nils und blickte gehetzt. »Ich muss mal ... Badezimmer!« Er stand schon, doch Mo packte ihn am Handgelenk und zog ihn wieder zu sich aufs Bett.

»Hiergeblieben!« Er schob Nils' Hintern zwischen seine Beine und drängte seine gestählte Brust gegen den nackten Rücken. Er schlang die Arme um Nils, lehnte das borstige Kinn an dessen Schläfe und hob den beschrifteten Arm, um ihn zu begutachten.

»Das sind verschiedene Film- und Buchtitel«, stellte Mo erstaunt fest, »Und da steht *Wetter*, hier *Familie* und *Klettern*, *Arbeit* ...« Er befeuchtete einen Daumen und rieb über die Schriftzeichen. Sie verschmierten. Nils schloss die Augen. Er genoss zwar diese Nähe, diese Umarmung – zugleich war ihm das Geschreibsel auf seinem Arm so peinlich, dass er sich ganz weit weg wünschte.

»Warum stehen all diese Wörter auf deinem Arm?«, wollte Mo wissen und erntete ein verzweifeltes Quäken. Er besah sich die Schrift weiter, vieles war mittlerweile bis zur Unkenntlichkeit verwischt. »Nils?«

»Es ist so ... peinlich«, jammerte Nils, ließ den Kopf hängen und entzog Mo seine Hand.

»Ach komm schon, verrate es mir. Sonst beiße ich dich nicht!« Mo schnappte nach dem Ohrläppchen und saugte daran. Ein Schauer jagte durch Nils und die Drohung brachte ihn zum Lächeln.

»Notizen.«

»Und wofür?«, hauchte Mo und seine Hände streichelten Nils' Bauch.

»Unser ... Treffen. Ich hatte Angst, dass ich kein Wort rausbringe ... und ... ich ... nicht weiß, worüber ich reden soll ...«

»Ernsthaft?« Mo grinste bis über beide Ohren. »Du hast dir einen Spickzettel für unser Date gemacht?«

»Und wenn schon«, brummte Nils. Zu seiner Überraschung schlang Mo Arme und Beine um ihn, vergrub sein Gesicht in Nils' Halsbeuge und saugte sich fest.

»Du bist unglaublich«, ächzte er, schob einen Finger um Nils' Kinn und dirigierte ihn zu seinem Mund, um ihn leidenschaftlich zu küssen. Als er sich keuchend losmachte, bemerkte er: »Aber du hast über keines dieser Themen geredet.«

»Ja ... ich ... es ging dann auch so ...«

»Wollen wir mal sehen, was du noch alles so kannst«, raunte Mo, zog sich mit einer raschen Bewegung ebenfalls das Shirt aus, rollte Nils auf den Rücken und fixierte ihm die Arme neben dem Kopf. Mo küsste den Hals abwärts, weiter runter über die Brust und umkreiste mit der Zungenspitze Nils' Nippel. Dieser jaulte auf, überrascht von dem Nervenfeedback, und glotzte an sich runter. Mo senkte seine Lippen auf ihn, schloss die Augen und saugte, knabberte, leckte an den Brustwarzen. Mit einem lauten Stöhnen warf Nils den Kopf zurück und gab sich diesen unglaublich geilen Liebkosungen hin. Von den überwältigten Lauten angespornt, legte sich Mo ins Zeug, verwöhnte ihn langsam und ausgiebig, dehnte seine sinnlichen Berührungen auf den ganzen Oberkörper aus, küsste und streichelte ihn überall.

»Du bist ganz schön sensibel«, brummte er.

»Ist das ... schlecht?«, keuchte Nils.

»Fühlt es sich schlecht an?«, fragte Mo grinsend.

»Nein, nein ... es ist ... wow!« Nils wand sich, stöhnte, wimmerte. Mos Lippen leckten in den Bachnabel und wanderten den Bund der Jeans entlang. Nils bekam vor lauter Lust nicht mit, dass Mo seine Hose öffnete. Für ihn unerwartet und mit einem beherzten Ruck wurde er aus seiner restlichen Kleidung befreit und lag plötzlich splitternackt vor ... Ian Yery und zeigte mit seiner Erektion auf ihn.

Noch ehe Nils einen weiteren Gedanken fassen konnte, ergriff Mo seinen Schwanz, senkte den Kopf und stippte mit der Zunge auf die Spitze. Nils durchzuckte ein Blitz reiner Wollust, und ein Schrei entwich seiner Kehle, der beide durch die Lautstärke überraschte. Gehetzt sah Nils Mo in die Augen. Der grinste ihn begeistert an und wiederholte die Berührung, reizte mit der Zungenspitze die kleine Öffnung. Oh Gott, Nils war, als flippte er gleich völlig aus. Er hielt es kaum für möglich, dass die Gefühle noch steigerbar wären, da stülpte Mo seine Lippen um die Eichel und saugte den Schwanz so tief er konnte in die Mundhöhle. Nils war am Durchdrehen. Völlig vergessend, die Realität mit seiner Vorstellung abzugleichen, war er nur noch Rausch, Raserei, bebende Lust. Was Mos Mund auslöste, was er da mit seiner Zunge machte, wie er ihn ansaugte ... das war mit nichts vergleichbar, das Nils kannte. Er war von diesen geilen Zärtlichkeiten so überwältigt, dass er sich bald jaulend in Mos Rachen entlud.

Als er wieder Farben erkennen konnte, bedeckte Mo sein Gesicht mit vielen kleinen, sanften Küssen. Nils wurde bewusst, was gerade geschehen war, dass er sich völlig selbstvergessen herumgewälzt und geschrien hatte. Es war ihm peinlich. Was musste Mo bloß von ihm denken? Er hatte sich völlig lächerlich gemacht.

»Also das nenn ich mal abgehen«, sagte Mo und strahlte Nils begeistert an.

Dieser schloss die Augen und drehte den Kopf weg. »Das war peinlich!«

»Bitte?«, rief Mo empört.

»Was ist, wenn die Nachbarn ...«

»Wenn sie es gehört haben, und ... ja, ich denke, sie haben es gehört, dann sind sie neidisch«, meinte Mo.

Ein Lächeln huschte über Nils' Gesicht.

»Aber das können die vergessen, denen verpasse ich keinen Blowjob«, erklärte Mo und Nils musste kichern. »Komm bloß nicht auf die blöde Idee, dich dafür zu entschuldigen oder zu schämen, dass du beim Orgasmus so abgehst«, schalt Mo. Er verpasste Nils einen Nasenstüber und gestand: »Ich wurde noch nie so für einen Blowjob belohnt.«

»Belohnt?«

»Na, aber klar doch ...« Mo musterte Nils eine Weile nachdenklich. »Ich könnte es dir jetzt natürlich lang und breit erklären, aber ich glaube, wir kommen schneller ans Ziel, wenn du es einfach ausprobierst.«

»Was soll ich ausprobieren?«, fragte Nils.

»Ich möchte, dass du jetzt dasselbe machst, was ich gerade mit dir gemacht habe«, forderte Mo, rollte sich auf den Rücken und knöpfte seine Jeans auf.

Nils starrte ihn unschlüssig an, betrachtete den schönen, trainierten Körper. Okay, das sollte machbar sein. Er betrachtete die Nippel aus der Nähe, warf Mo einen prüfenden Blick zu und wagte endlich, mit der Zunge über die festen Knospen zu lecken. Es schmeckte ... salzig. Mo sog heftig Luft durch die Zähne und über seiner Brust breitete sich Gänsehaut aus. Mos Reaktion machte Nils geil und bald gab er sich ganz dem Verlangen hin, Mos Körper ausgiebig zu erkunden. Er war begeistert, wenn er ihm ein Stöhnen entlockte, grinste, wenn er wimmerte. Es wurde zu einer Herausforderung, Mo immer hemmungslosere Töne zu entlocken.

»Oh ... verdammt ... geil!«, ächzte Mo, setzte sich auf, streifte rasch Jeans und Slip von seinen Hüften und zeigte Nils seine ganze männliche Pracht.

Wow. Mo hatte einen atemberaubend schönen Penis. Dick, lang und mit Adern durchzogen ragte er steil und steif aus dem rotblonden Nest, verlangte nach Zuwendung. Nils legte sofort seine Faust um ihn und befühlte die heiße, samtige Härte. Der dazugehörige Mann krallte sich ins Laken und stöhnte laut auf. Nils rieb über die Erektion und befühlte mit den Fingern die Hoden. Mo gurgelte und klang beinahe so, als würde er erwürgt. Hatte Nils auch so geklungen? Aus der anfänglichen Zurückhaltung befreite sich Nils bald, massierte Mo hingebungsvoll mit beiden Händen, senkte schließlich den Kopf und leckte verwegen über die Schwanzspitze. Interessant. Er stülpte die Lippen über den Schaft und schob sich den Penis so tief in den Mund, wie er schaffte. Abgesehen von den Lauten, die Mo machte, war das irgendwie ... geil. Er leckte und saugte, bis sich Mo mit einem Aufbäumen entlud. Nils schreckte zurück und so landete ein Teil des Spermas in seinem Mund, ein Teil auf seinem Gesicht, der Rest auf Mos Bauch.

Der schien in seinem lustvollen Taumel von dem Malheur nichts mitbekommen zu haben und, um es zu kaschieren, leckte Nils rasch das Sperma vom Bauch, wischte es aus seinem Gesicht und schmatzte den Saft von den Fingern. Er mochte den Geschmack. Jetzt verstand er, was Mo vorhin gemeint hatte.

»Du hast mich auch reichlich belohnt«, murmelte Nils, als sie auf dem Rücken lagen und in postorgiastischer Glückseligkeit zur Decke starrten.

Mo grinste wissend.

»Ich hab gar nicht alles ... geschafft, musste es dann noch auflecken.«

»Was?« Mo musterte Nils.

Stille.

»Oh!«, machte Nils.

Mo prustete los. »Du hast gedacht ...?« Er kicherte.

»Verdammt!«, murmelte Nils und Mo musste noch mehr lachen.

»Du bist süß«, meinte Mo, rutschte näher an Nils ran und hauchte ihm einen Kuss auf die Wange.

»Ich hab gedacht ... harch ...«

»Ist schon gut, Nils«, kicherte Mo, »Du hast mich auch ...«, er brachte es vor Lachen gar nicht raus, »... reichlich ...«, er kicherte und das ganze Bett bebte davon, »... belohnt!«

»Ja, woher sollte ich denn wissen, dass du das Gestöhne meinst!«, stieß Nils verzweifelt hervor und verursachte damit nur einen weiteren Lachanfall.

»Weißt du, Nils, für jeden ... ist ... prust ... Anerkennung etwas anderes. Ich mags laut, du eben flüssig.« Er musste sich den Bauch vor Lachen halten.

»Du machst dich lustig über mich«, beschwerte sich Nils grinsend.

»Das stimmt nicht.« Mo legte Arme und Beine um Nils und fing seine Lippen für einen Kuss.

## ... VERFOLGT ...

»Wäre es ein Problem für dich, wenn ich diese Nacht hier bleibe?«, fragte Mo und strich mit den Fingerspitzen über Nils' Körper hinab bis zum gekräuselten Schamhaar, kraulte darin herum, bis sich der Schwanz aufrichtete, und streichelte über den Bauch wieder hoch.

»Davon bin ich eigentlich ausgegangen«, stöhnte Nils.

»Du zeichnest?«, fragte Mo, rollte sich zur Seite und fischte eine der Skizzen vom Boden, die Nils vorhin runtergeworfen hatte.

»Mhm«, brummte Nils und wünschte sich Mos Hand wieder auf seinem Geschlecht.

Mo jedoch blickte sehr lange und konzentriert auf die Zeichnung.

»Ich muss dir etwas Verrücktes erzählen«, begann er schließlich und schwenkte die Skizze. »Nicht, dass du Angst kriegst – aber ich hab einen Stalker.«

Nils starrte Mo ungläubig an. »Wirklich?«

»Deswegen mache ich den Selbstverteidigungskurs. Er ist ein bisschen ... irre ... Ein bisschen ist noch harmlos ausgedrückt, der ist *vollkommen* irre.«

»Das gibts ja nicht. Ich hab auch einen Verrückten der mich verfolgt. Ich bin aus demselben Grund in diesem Kurs.«

»Ernsthaft?« Mo blickte Nils perplex an.

»Ja, am Anfang hab ich das nicht so richtig ernst genommen, aber dann ... nach und nach stellte sich heraus, dass der echt gefährlich ist.«

»Ja genau!«, bestätigte Mo. »Das Gruselige an der ganzen Sache ist, dass ich nicht mal weiß, wie lange mich der Typ schon stalkt. Vielleicht sind es sogar *Jahre.*«

»Wow. Das ist echt gruselig. Da kann ich mich wohl noch auf einiges gefasst machen. Bei mir sind es erst ein paar Wochen.« Nils rollte sich zu Mo herum und musterte ihn besorgt. »Denkst du, das, was wir im Selbstverteidigungskurs lernen, hilft, wenn ... na ja ... im schlimmsten Fall?«

»Ich hoffe«, meinte Mo nachdenklich, legte die Zeichnung beiseite und meinte: »Du hast wirklich Talent. Dein Stil kommt mir irgendwie bekannt vor.«

»Wirklich? Woher?«

»Weiß nicht. Fällt mir sicher wieder ein.« Mo schaute Nils tief in die Augen. »Ich mach mir Sorgen.«

»Weswegen denn?« Nils küsste Mos Kinn.

»Warst du bei der Polizei?«

»Nein«, gestand Nils. »Ich will nicht ... ich weiß nicht, ob ich mehr Angst vor den Bullen hab, als vor diesem Kerl.«

»Hm, mir geht es ähnlich.« Mo hob den Kopf und fing Nils' Lippen ein. Nach einem wilden Zungenkuss löste er sich und raunte: »Ich will nicht, dass dir etwas zustößt.« Mo zog Nils auf seinen Körper und schlang die Arme so fest um ihn, als wollte er ihn erdrücken.

»Ich will auch nicht, dass dir etwas zustößt«, sagte Nils und schmiegte sich an den heißen, durchtrainierten Mann.

Sie begannen sich so wild zu küssen, als hätten sie bereits eine Ahnung davon, dass es das letzte Mal für lange Zeit sein würde. Aufgewühlt von der schwelenden Gefahr wurden sie gierig, hemmungslos. Ihre Schwänze wurden steif, richteten sich auf und drängten sich gegen die Leisten des anderen. Sie keuchten und schmatzten, streichelten, kneteten und kniffen sie einander überall. Mo langte in den Schritt, umfasste mit seiner großen Hand beide Schwänze und rieb an ihnen auf und ab. Mit der anderen fuhr er Nils' Rücken hinab bis zu seinem Hintern. Er knetete die Pobacken und leitete Nils zu rhythmischen Bewegungen an, dazu, ihn in die Faust zu ficken. Sie rieben ihrer Körper aneinander, küssten sich immer gieriger und verloren sich im Rausch dieses unerwartet leidenschaftlichen Überfalls. Schwitzend und keuchend feuerten sie einander an, bis sie kamen, und fluteten Mos Bauch mit ihrem Sperma.

Danach schlangen sie ihre Arme umeinander und im Ausklingen des Orgasmus dösten sie schon halb dahin, so wie sie lagen: Nils auf Mos Bauch und zwischen ihnen die langsam trocknende, klebrige Lust.

# 11| DER IRRE

### ... MORGENTOILETTE ...

Die Vögel zwitscherten, kündigten den Tag an und tatsächlich, es dämmerte bereits. Nils erwachte halb, als Mo ihn behutsam von sich runter rollte, um aufzustehen.

»Schlaf weiter«, hauchte Mo, »ich muss nur gaaanz dringend mal ... wo ist denn die Toilette?« Er strich Nils zärtlich eine Strähne aus dem Gesicht und drückte ihm einen sanften Kuss auf die Wange.

»Im Flur links«, nuschelte Nils im Halbschlaf und brummte behaglich ob der zärtlichen Berührungen. Mo erhob sich, ächzte und tapste aus dem Zimmer, gähnte und kratzte sich am Kopf.

Mit einem langen, wohligen Stöhnen drehte sich Nils auf die andere Seite, umfing das Kissen, seine Augenlider schnellten hoch – dann war er hellwach.

»Scheiße!«, fluchte er panisch, sprang aus dem Bett und stürmte aus dem Schlafzimmer in den Flur. Zu spät. Er hörte bereits das erlösende Plätschern aus der Toilette. Vielleicht hatte er ja Glück und Mo schaute sich nicht um.

Nils hielt den Atem an, schloss die Augen und presste die Stirn gegen die Wand. »Bitte nicht, bitte nicht, bitte nicht«, murmelte er einen verzweifelten Zauberspruch.

Er half nicht.

Aus dem Klo tönten Geräusche, die er auf keinen Fall hatte hören wollen: das Rascheln von Papier. Mo hatte also die Zeitschriften entdeckt – oder vielmehr das, was darin versteckt war. Nils konnte ihn hektisch blättern hören, vernahm, wie Mo die Magazine schüttelte, einmal, zweimal, und dabei einen Fluch ausstieß. Im nächsten Moment schon riss er die Tür auf – wenig überrascht, Nils wach und in einer mutlosen Pose im Flur vorzufinden. Mo funkelte ihn wütend an, sein ganzer Körper war angespannt und in seinen Händen hielt er ein paar Ausdrucke.

Nils schluckte schwer.

»Woher hast du die?«, zischte Mo aufgebracht und fuchtelte wild mit den Bildern seines splitternackten Doppelgängers herum. Nicht jene ästhetischen Aktfotos, die Nils für den Wettbewerb hochgeladen hatte. Sie waren ganz und gar nicht raffiniert ausgeleuchtet, verbargen nichts, auch nicht den Penis, der – so wusste Nils jetzt – absolut nicht mit Mos Schwanz übereinstimmte. Nils hatte für seine einsamen Wichssessions auf dem Klo Ian Yery in einige obszöne Posen gebracht und davon Ausdrucke angefertigt. Diese Bilder waren niemals für die Augen anderer bestimmt, und am allerwenigsten für jene von Mo. Da Nils nie Besuch hatte – außer von seiner Schwester und die benutzte aus Prinzip niemals das Klo eines Mannes – hatte auch nie Gefahr bestanden, dass sie irgendjemand entdecken könnte.

»Aus meinem Drucker«, murmelte Nils wahrheitsgemäß und senkte den Blick. Wie peinlich!

»Kursieren die im Internet?«, wollte Mo wissen und sein Arm vibrierte, als er die Fotos direkt unter Nils' Nase hielt.

Nils warf einen beschämten Blick darauf und schüttelte den Kopf.

»Woher hast du sie dann?« Mo wirkte eher verzweifelt als wütend. »WOHER, VERDAMMT?«

Nils schluckte hart, konnte sich nicht bewegen, nichts sagen, starrte Mo mit riesigen Augen an.

»Diese Bilder«, herrschte Mo Nils an, »Diese Bilder hat mein Stalker gemacht!«

Nils holte tief Luft, die Anspannung wich aus seinem Körper und er schenkte Mo ein sanftes Lächeln. »Aber nein.« Beruhigend machte er einen Schritt auf Mo zu und nahm ihm vorsichtig die Ausdrucke aus der Hand. Er strahlte den rotblonden Mann an, legte ihm sanft eine Hand auf die Wange und erklärte leise: »Die hat nicht dein Stalker gemacht – die hab *ich* gemacht.«

Mo schlug die Hand aus seinem Gesicht und taumelte einen Schritt zurück. »Was sagst du da?«

## ... FREAK ...

»Komm mit.« Nils ergriff Mos Hand und führte ihn in ein kleines Zimmer, in dem Computer standen und dessen Wände mit diversen Skizzen und ein paar Poster von ... Ian Yery tapeziert waren. »Ich muss dir etwas zeigen«, erklärte Nils mit leuchtenden Augen und ließ sich, so nackt, wie er war, auf den Stuhl vor den Rechnern sinken. Er drückte ein paar Knöpfe und mit turbinenartigem Surren schaltete sich eins der Geräte ein. Das war ein High-End-Gerät, stellte selbst Stefans Spieleferrari in den Schatten.

Mo ließ seinen Blick interessiert durch den Raum schweifen. Die Poster von Ian Yery unterschieden sich minimal voneinander, am ehesten aber durch die verschiedenen Sprachen. Den Zeichen nach zu urteilen, hingen hier sogar japanische und russische Ausgaben. Allmählich tröpfelte in Mos Erinnerung, woher ihm Nils' Zeichenstil bekannt vorgekommen war. Er erkannte in den Skizzen einige der Aliens und Dämonen wieder. Nicht nur das, da hingen auch Skizzen von ihm, Ian Yery. Gänsehaut krabbelte über Mos Rücken. In seinem Magen zog sich alles zusammen, ihm wurde schlecht, sein Atem ging schneller und die Knie wurden weich. Er taumelte etwas und klammerte sich am Türrahmen fest. Er war nicht überrascht, als auf Nils' Monitor niemand geringerer erschien, als Ian Yery. Im Vergleich zur bunten Spielewelt, die den Charakter auf Stefans Computer umgeben hatte, wirkte das virtuelle Umfeld auf Nils' Rechner kahl und trostlos. Die Figur jedoch war nicht nur in einer deutlich höheren Auflösung zu bestaunen, sie war obendrein nackt und stand starr und mit zur Seite ausgestreckten Armen da.

»Was ist das?«, flüsterte Mo fassungslos und stützte sich auf dem Tisch ab. In seinem Kopf rauschte es, polterten die Gedanken wild durcheinander. Konnte dieser Mann, der ihn so berührt hatte, nicht nur körperlich, sondern auch menschlich, der so ... liebenswert war ... konnte der ...?

»Das hab *ich* gemacht«, erklärte Nils nicht ohne Stolz, straffte die Schultern und strahlte Mo an. »Das ist Ian Yery, eine weltberühmte Spielfigur.«

»Das bin *ich*, herrgottnochmal!«, stieß Mo unvermittelt hervor und erschreckte Nils.

»Es ist von dir inspiriert, das ist richtig.«

»Das ist nicht *inspiriert*, das bin *ich*. Und zwar eins zu eins. Bis auf den Schwanz, aber sonst ...«

»Den kann ich ja jetzt nachbessern«, scherzte Nils und ließ seinen Blick an Mo anwärts in den Schritt gleiten. Nils war guter Dinge, hatte rosa Flecken auf den Wangen und eine beginnende Erektion.

»*Du* bist das?«, faselte Mo vor sich hin. Es wollte nicht in seinen Kopf rein. »*Du* bist derjenige, der dafür verantwortlich ist, dass dieser Ian Yery genauso aussieht wie ich?«

»Tadaaa!«, trällerte Nils, hob den Blick und breitete die Arme aus. Er schien sehr stolz auf dieses Werk zu sein.

Mos Herz krampfte sich zusammen, er wollte sich setzen, aber er fand keinen Stuhl. Er schloss die Augen und atmete tief durch.

»Nils«, formulierte er sanft, »Ich frag das jetzt, so ruhig ich kann, ja?« Er sog noch einmal tief Luft durch die Nase und brüllte: »HAST DU EINEN KNALL?!«

Nils machte vor Schreck einen Satz und prallte gegen die Stuhllehne, als hätten ihn die Schallwellen dahin geplättet.

Doch das war erst der Anfang. In Mos Kopf dröhnt es, sein Herz raste flach und schnell. Er krallte sich am Schreibtisch fest und kämpfte gegen die aufsteigende Panik an.

»Die E-Mails von diesem Irren ...« Mo Stimme wurde heiser. »Zeig mir diese verdammten E-Mails.«

Nils glupschte ihn verwundert an, dann schaltete er einen anderen Rechner ein. Während dieser startete, studiert Mo eingehend Nils' Gesicht. Er flehte darum, dass sich sein weiterer Verdacht nicht bestätigte. Nils schob die Maus herum, tippte etwas ein und schon öffnete sich das virtuelle Postfach.

»Scheiße«, stieß Mo aus und ließ den Kopf hängen.

»Was ist denn los?«, fragte Nils und legte eine Hand sanft auf Mos Arm. Er klang so naiv und ahnungslos wie immer, doch Mo hatte keinen Sinn mehr für diese Unschuldstour, er schüttelte die Hand ab und funkelte Nils zornig an.

»Ich weiß, wo sich dein Verrückter aufhält«, knurrte er.

»Wirklich?« Nils wirkte etwas verstört.

»Er ist in diesem Moment hier im Haus«, zischte Mo gefährlich und richtete sich zur vollen Größe auf.

Nils sprang aus dem Stuhl und starrte Mo an. Ein Schweißfilm überzog seine Haut und er atmete flach.

»Wieso ... was ... woher ...«

Als Mo einen Schritt auf ihn zu machte, wich er einen zurück, stieß gegen den Stuhl, schob ihn mit dem Bein beiseite.

»Genauer gesagt: er ist in deiner Wohnung«, knurrte Mo, spannte alle Muskeln an und ballte seine Hände zu Fäusten. Eine Wut stieg in ihm hoch, wie schon sehr lange nicht mehr.

»Mo, du ... machst mir Angst«, wisperte Nils, machte einen weiteren Schritt rückwärts und stieß mit dem Rücken gegen die Wand.

»Du hast ja gar keine AHNUNG!«, brüllte Mo unvermittelt los. Er hob den Arm, packte Nils hart am Kiefer und presste die Finger so grob gegen die Wangen, dass Nils einen jämmerlichen Fischmund machte. »*Ich* bin der Irre. Oder noch viel treffender: *Du* bist der Irre.«

»Awa«, brabbelte Nils, unfähig seinen Kiefer zu bewegen, unfähig, seine Lippen zu benutzen.

»Wie kommst du VOLLIDIOT auf diese BESCHEUERTE Idee, MEIN Gesicht und MEINEN Körper für ein blödes KRIEGSspiel zu benutzen und überall im Internet AKTFOTOS von mir zu verbreiten?«

»Awa«, mehr brachte Nils auch weiterhin nicht hervor. Stattdessen perlten Tränen aus seinen Augen, kullerten über die Wangen, benetzten die groben Finger.

Mo hielt irritiert inne und betrachtete die nasse Spur. Ein schmerzhafter Stich fuhr durch sein Herz und beinahe ließ er Nils los. Doch dann rutschte sein Blick auf das Poster, gegen das er den Kopf presste – Ian Yery auf einem englischsprachigen Werbeplakat – und packte noch fester zu.

»Weißt du, wie geil es ist, wenn man jeden verdammten Tag von fünfzig Kiddies genervt wird, weil man wie ihr VERDAMMTER KRIEGSheld aussieht?«, schrie Mo. Fünfzig am Tag war dezent übertrieben, aber Mo war außer sich. Immerhin fühlte es sich an wie fünfzig, oder vielmehr wie hundert oder fünfhundert oder ... »Und das *mir!* Der Zivildienst gemacht hat, weil er keine Waffe anfassen will, der bei jeder SCHEISS Friedensdemo dabei ist, der VERKACKTE Petitionen unterschreibt, weil er nur ein BISSCHEN Frieden auf diesem SCHEISS Planeten will. Und jetzt? Was bin ich jetzt? Hä? Eine BESCHISSENE KRIEGSIKONE! Wie viele Menschen weltweit metzelt mein sauberes Ebenbild pro Tag dahin, hä? WIE VIELE?«

Nils begann unter Mos hartem Griff und den noch härteren Worten zu zittern. Er würgte ein beunruhigendes Schluchzen hervor.

»Du hast mir einen SCHEISS SCHRECKEN eingejagt. Ich dachte, du wärst ein irrer Stalker ... vor allem nach diesen ... Gottverdammt ... diesen BESCHISSENEN E-Mails. Ich hatte echt ANGST. Herrgott, ich wollte doch nur wissen, wer diese Person ist, die meine Visage benutzt hat, wollte wissen, wieso sie das gemacht hat. Und dann ... Himmel, bekomme ich so eine E-Mail. Verdammt Nils! Ich dachte, ich hab einen Irren an der Backe!« Mo ließ Nils los und dieser klappte in sich zusammen, wie eine Marionette, deren Fäden man durchgeschnitten hatte. Er rieb sich den Kiefer, kauerte sich auf den Boden und schluchzte hemmungslos.

Mo rang um Fassung, als er auf das Häufchen Elend herabblickte. Nils tat ihm leid. Aber Mo war so unfassbar verletzt. Nicht nur, weil er wirklich gedacht hatte, jahrelang von einem Stalker belästigt worden zu sein. Dass es Nils war, verdammt, ausgerechnet Nils, der Mann, in den er sich ... das brach ihm das Herz.

»Weißt du ...«, zischte Mo und blickte auf den nackten, bebenden Körper zu seinen Füßen. Er war in Begriff, ganz bewusst etwas sehr Schlimmes zu sagen und obwohl er wusste, dass es besser wäre, es zu unterlassen, trieb ihn blinder Zorn an. Auch darüber, dass er nun Schuld daran war, dass Nils so verzweifelt dahockte. Tränen stürzten über seine Wimpern, als er ausstieß: »Jetzt verstehe ich, warum du noch Jungfrau warst, du Freak!«

Nils heulte auf und hob die Arme über den Kopf, als erwarte er, geschlagen zu werden.

Mo war entsetzt über diese Reaktion, darüber, dass Nils scheinbar ernsthaft und ausgerechnet von ihm Gewalt zu erwarten schien. Wie konnte ... er hatte doch nur ... Völlig verstört stürzte Mo aus dem Zimmer, sein Kopf dröhnte, tausend Gedanken polterten wild darin herum. Verdammt, er hatte sich gehen lassen! Er konnte sich nicht erinnern, dass er jemals jemanden so hart angepackt hatte. Das widersprach völlig seiner Lebensphilosophie. Seine Welt stürzte ein. Noch vor wenigen Minuten war er so glücklich gewesen, hatte gedacht, in Nils fände er einen ... Freund, und dann das! Ausgerechnet der Mann, in den er sich – das musste er sich wohl eingestehen – verliebt hatte, war verantwortlich für die Angst der letzten Wochen, das Gefühl, schutzlos in den eigenen vier Wänden zu sein.

Er lief ins Schlafzimmer und suchte hastig seine Kleider zusammen. Zitternd vor Aufregung zog er sich an, schniefte dabei und wischte sich immer wieder Tränen aus den Augen. Als er mit verschwommenem Blick unter dem Bett nach seinem Schuh tastete, glitt etwas Kühles, Metallenes in seine Hand. Er schloss seine Finger darum und holte es hervor – und prallte zurück. Eine Pistole! Mit einem Aufschrei ließ er die Waffe fallen und starrte sie an.

»Scheiße nochmal, Nils!« Zögernd nahm er das Ding wieder in die Hand und warf einen Blick in Richtung Arbeitszimmer, als könnte er durch Wände sehen. Einer Eingebung folgend schob er die Waffe in den Hosenbund und zog sein Shirt drüber. Dann fand er den fehlenden Schuh, schlüpfte hinein und schlich in den Flur.

Mit Bauschmerzen blieb er einen Schritt vor dem Arbeitszimmer stehen. Nils' bitterliches Schluchzen drang an seine Ohren, traf ihn mitten ins Herz. Um ein Haar hätte Mo sich erweichen lassen, wäre in den Raum gestürzt, hätte Nils in die Arme genommen, sein Gesicht mit vielen kleinen Küssen bedeckt ... Das kalte Metall der Pistole drückte gegen seinen Bauch, und eine schlimme Ahnung bohrte sich in Mos Bewusstsein. Er machte einen weiteren

Schritt und blickte ins Arbeitszimmer. Nils hockte noch genauso da, nackt und zusammengekauert, wie er ihn vor wenigen Minuten verlassen hatte. Was für ein erbärmlicher Anblick! Mo schluckte schwer. Übelkeit stieg in ihm hoch.

»Nils«, sagte er leise, mit heiserer Stimme.

Das Schluchzen verstummte und Nils blinzelte zwischen den Fingern hindurch zu ihm hoch.

»Tu dir nichts an, okay?«, bat Mo.

Rasch wandte er sich ab und eilte aus der Wohnung. Über seine Wangen rollten unablässig Tränen.

# 12| Flushhhh!

### ... DRAMA, BABE, DRAMA ...

»Wieso gehst du nicht ans Telefon, verdammt nochmal!«, fluchte Jana und warf die Tür ins Schloss. Nils konnte hören, wie sie Handtasche und Schlüssel auf den Küchentisch schleuderte.

»Nils?«, rief sie in die Wohnung. »Bist du zu Hause? Ich hab in der Firma angerufen und die sagen, du warst heute nicht da.«

Nils hielt den Atem an. Vielleicht ging sie ja wieder, wenn sie dachte, er wäre nicht daheim.

»Wieso liegt das Sakko hier am Boden«, fragte sie. Stille. »Oh ... zwei Sakkos?«

Zwei? Hatte Mo seines hier vergessen?

»Ohooo!«, tönte Jana begeistert. »Jungs, bedeckt eure Schniedel, eine Frau kommt!« Fröhlich trällernd trippelte sie durch den Flur bis ins Schlafzimmer. »Na Bruderherz? Hab ichs dir nicht gesa...!«

Ihre Schritte näherten sich langsam dem Arbeitszimmer.

Nils schlang die Arme fester um seine Knie.

»Nils!«, stieß seine Schwester entsetzt hervor, als sie ihn entdeckte. Splitternackt! In der Ecke! Zusammengekrümmt! »Was machst du denn da?«, fragte sie und hockte sich vor ihn hin, um ihn eingehender betrachten zu können. Sie stupste beunruhigt mit einem Finger gegen seine Schulter.

»Du bist ja eiskalt«, stellte sie betroffen fest. Hurtig erhob sie sich und stöckelte aus dem Raum, um Sekunden später mit einer Decke wiederzukommen und sie um den entblößten Leib ihres Bruders zu wickeln.

»Also ... was ist passiert?«, fragte Jana.

Nils drehte sich weg, drückte die Stirn gegen die Wand und neue Tränen kullerten über seine Wangen.

»Hat er dir was angetan?«

Nils hob die Hand, um sein verheultes Gesicht zu verbergen.

»Moritz war doch hier, oder? Da ist noch ein zweites Sakko ... ist das seines?«

Nils nickte und schlug mit dem Kopf fest gegen die Wand.

»Oh Gott!«, stieß Jana auf einmal hervor und erschreckte Nils. Er fuhr herum und starrte sie verstört an. »Er hat dich vergewaltigt! Ich bring ihn um! Ich bring den Scheißkerl um!«

»Nein!«, presste Nils schwach hervor.

»Nimm ihn nicht in Schutz!«, fauchte Jana. »Ich weiß, das wird jetzt nicht angenehm, aber wir müssen zur Polizei. Es laufen genug Perverse herum. Als Opfer hast du eine Pflicht, anderen potentiellen Opfern gegenüber. Du musst dafür sorgen, dass er nicht ungeschoren davonkommt.« Sie redete sich in Rage und gestikulierte wild.

»Jana!«, krächzte Nils, dessen Stimmbänder vom Heulen ganz angeschwollen waren. »Mo hat mich nicht ... er hat mich nicht angefasst ... Das heißt ... er hat *schon*, aber das *wollte* ich auch ...«

Seine Schwester riss Mund und Augen auf und glotzte ihn erstaunt an, was beängstigend schrill aussah. »Nils!«, platzte es aus ihr heraus. »Heißt das, du bist keine Jungfrau mehr?«

»Ich weiß nicht so genau, ich glaub nicht ... kommt wohl darauf an, was zählt«, murmelte Nils und die Erinnerung an die heiße Nacht holte ihn langsam aus der Verzweiflung.

»Du musst mir alles haarklein erzählen. Aber zuerst ...«, sie sprang hoch und streckte ihrem Bruder entschlossen die Hand hin »... Zuerst ziehst du dir etwas an. Ich mach uns derweil einen Kaffee.«

Nils nickte kooperativ, ergriff allerdings nicht ihre Hand, als er sich erhob. Mit steifen Gliedern vom stundenlangen, gekrümmten Dasitzen, wankte er ins Schlafzimmer.

Jana steuert die Küche an und klapperte mit Geschirr.

Als Nils das leere, zerwühlte Bett sah, krampfte sich alles zusammen. Der Raum roch nach Sex und ... Moritz. Mit einem gequälten Jaulen kippte Nils der Länge nach aufs Bett und presste sein Gesicht in die Matratze. Hier roch es noch intensiver nach Mos Schweiß, seinem Haar, seinem Sperma. Nils sog den Duft tief in sich auf. So wollte er für immer verweilen, nie wieder weggehen. Sein Körper wurde schwer und träge, seine Gedanken drifteten ab.

»Nils, wo bleibst du?« Jana tauchte im Türrahmen auf. »Hier drin stinkts.« Sie stakste zum Fenster und riss es auf.

Nils wollte keine Frischluft, er wollte die gemeinsame Nacht mit Mo hier konservieren, aber er war wie gelähmt, konnte nichts einwenden.

»Steh auf!«, schrie Jana ihn an.

Er brummte und zog die Bettdecke über den Kopf.

»Was ist verdammt nochmal los mit dir?«, keifte sie ihn an und rüttelte so grob an ihm, dass das ganze Bett wackelte.

Nils rollte sich zur Embryonalstellung zusammen und ließ es über sich ergehen, ohne einen Ton von sich zu geben.

»Hat es mit Moritz zu tun?« fragte sie harsch, und da ihr Bruder nicht antwortete, seufzte sie geräuschvoll und schnaubte: »Und? Was hat er gemacht? Hat er dich schief angeschaut?«

»Lass mich!«, quengelte Nils, »Geh weg!«

Jana erhob sich mit einem ungehaltenen Grunzen und einige Minuten später fiel die Tür ins Schloss.

Nils wartete einige Minuten, dann rollte er sich herum und streckte den Arm aus, tastete unter dem Bett herum. Verflucht, wo war sie denn? War das Scheißding etwa ganz nach hinten gerutscht? Nils ließ sich so hart auf den Boden plumpsen, dass es wehtat. Er legte seine Wange auf den Boden und schaute unter dem Bett nach. Jede Menge Staubflusen, einige Socken, nach denen er schon länger gesucht hatte, aber keine Waffe. Sie war weg! Nils schoss hoch und überlegte krampfhaft, ob er sie woanders versteckt hatte. Aus Angst vor dem Irren hatte er sie unter seinem Kopfpolster verstecken wollen. Da er aber befürchtet hatte, dass sie durch seine nächtlichen Bewegungen losgehen könnte, hatte er sie griffbereit unters Bett gelegt. Verdammt! Das kam jetzt wirklich ungelegen.

Er war ein naiver, blöder, lebensunfähiger Idiot. Er hatte es nicht verdient zu leben, zudem war es ohnehin Scheiße, das Leben. Er glaubte nicht, dass er je wieder auch nur annähernd etwas so Schönes erleben würde, wie in der vergangenen Nacht. Das war der Höhepunkt seines Lebens gewesen, ab jetzt ging es nur noch steil bergab. Er konnte sich für ein jahrzehntelanges Martyrium entscheiden, oder die Sache jetzt beenden. In Zukunft würde die Einsamkeit noch viel mehr wehtun – jetzt, wo er wusste, wie sich Zweisamkeit anfühlte. Bis gestern hatte er nur geahnt, was ihm fehlte, und selbst das war schon schlimm genug gewesen. Jetzt aber wusste er es. Wie sollte er das den Rest seines Lebens aushalten? Dreißig, vierzig Jahre … bis zum Tod. Es hatte ohnehin nie viel in seinem Leben gegeben, das ihm etwas bedeutet hatte, aber nun … Da gab es Jana. Sie versuchte es zwar vor ihm zu verbergen, aber er wusste, dass sie ihn hasste, weil er sich so an sie klammerte. Sie war ohnehin besser dran, viel besser. Und die Kunst? Was hatte sie ihm schon eingebracht, außer Scherereien? Himmel, sie hatte seine einzige Chance auf Liebe zerstört. Nils würde seinen Computer ohnedies nie wieder anrühren, nie wieder etwas modellieren …

Und Mo? Verdammt! Nils hatte nicht eine Sekunde darüber nachgedacht, ob es Mo recht sein könnte, dass er ihn als Vorlage benutzte. Er hatte allerdings auch nicht damit gerechnet, ihn jemals wiederzusehen. Nils hatte gedacht, der Mann würde sich geehrt fühlen, dass ein Computerheld nach ihm erschaffen worden war. Wie naiv und blöd war er bloß gewesen! Er hatte das Leben dieses Mannes zerstört. Mo war so ... so nett, und ... Verdammt! Nils hatte aus einem Pazifisten einen virtuellen Kriegshelden gemacht, der fünfzig Mal am Tag ... Nils mochte sich das gar nicht vorstellen ... fünfzig Mal ... von irgendwelchen Fremden darauf angesprochen wurde. Nein, Nils verdiente sein Leben nicht. Er fügte anderen Menschen nur Schaden zu. Außerdem hatte er ohnedies geplant, sich umzubringen, wenn er mit vierzig noch Jungfrau war. Okay, das war er zwar jetzt nicht mehr ... aber das hatte alles nur noch Schlimmer gemacht. Alle Wünsche und Träume seines Lebens hatte er auf das Was-wäre-wenn-Spiel gesetzt – geglaubt, wenn die Liebe erst einmal in sein Leben käme, wäre alles gut, alles perfekt. Nun, das sah er ja nun, wie perfekt das war. Was hatte es also noch für einen Sinn, weiterzumachen?

Wie ein Besessener tobte Nils durch die Wohnung und suchte die Waffe. Er ging all seine üblichen Verstecke durch, alle Schubladen, räumte sämtliche Schränke aus. Er achtete nicht auf Ordnung, nicht darauf, ob Dinge kaputtgingen. Er steigerte sich immer mehr hinein, schleuderte die Sachen bald unnötig weit durch die Wohnung. Wen kümmerte schon, was mit dem Krempel passierte? Er hatte es bald hinter sich. Wenn er nur endlich die Scheiß Pistole finden würde. Innerhalb einer Stunde sah es in seiner Wohnung aus, als hätte sie eine gründliche Hausdurchsuchung durch ein Einsatzkommando hinter sich.

Seine Waffe war weg!

»Scheiße!«, tobte er und schlug mit der Faust so heftig gegen die Wand, dass der Putz abbröckelte und seine Fingerknöchel bluteten. In diesem Augenblick sprang die Tür auf und Jana stand vor ihm. Sie starrte Nils entsetzt an. Dann bemerkte sie das Trümmerfeld, das vor einer Stunde noch eine herzeigbare Wohnung gewesen war.

»Ich ruf einen Arzt!«, sagte sie knapp und zückte das Handy.

»Nicht!«, rief Nils, war mit einem Satz bei ihr und grapschte nach dem Telefon. Sie schloss ihre Finger fest darum, hatte jedoch keine Chance gegen seine Entschlossenheit.

»Du hast einen Nervenzusammenbruch – du brauchst Hilfe.«

»Mir geht es gut, ich brauche keine Hilfe.«

»Und was ist das da?« Jana zeigte auf das Chaos.

»Ich wollte aufräumen.«

»Nackt?« Kritisch zog sie die Augenbrauen hoch.

»Mir war warm.«

»Wem willst du was vormachen, Nils. Hah?«, fauchte Jana, dann besann sie sich, dass dies vielleicht nicht die richtige Herangehensweise war. Sie näherte sich ihrem Bruder vorsichtig, als wäre er ein gefährliches Tier und summte beruhigend. »Nils, gib mir das Telefon.« Sie streckte die flache Hand aus, als erwarte sie, dass er das Handy einfach so darauf legte.

»Nein!« Nils schüttelte den Kopf und machte einige Schritte rückwärts, wobei er auf ein Plastikteil stieg, gefährlich ins Schlittern kam und beinahe hinfiel. Er konnte sich im letzten Moment fangen.

»Gib. Mir. Das. Handy!«, forderte Jana eindringlich.

»Nein. Nein. Nein. Nein!«, antwortete Nils, öffnete die Tür zum Klo und warf es in die Schüssel.

»HAST DU EINEN KNALL?«, kreischte Jana.

Nils drückte die Spülung, sah zu, wie das Telefon in den Fluten verschwand, und winkte ihm hinterher.

»Jap!«, murmelte Nils gutgelaunt, drehte sich um und marschierte seelenruhig ins Schlafzimmer.

# 13| Kɪᴄᴋ Aꜱꜱ!

## ... ERSCHOSSEN ...

»Scheiße, Mo, was ist das?«, kreischte Judith, als sie in die Küche kam. Sie prallte zurück und hopste Stefan, der hinter ihr den Raum betreten wollte, auf die Zehen. Er jaulte auf.

»Na, wonach siehts denn aus?«, brummte Mo mit eisiger Stimme.

Stefan schob Judith beiseite und starrte auf den Esstisch. »Geiler Scheiß – das ist eine Walther PPK, oder?« Er grapschte nach der Waffe und wog sie in den Händen.

»Lass sie los! Aber sofort!«, schrie Judith, ganz so, als hätte sich ihr Hund in eine tote Taube verbissen.

So, wie Stefan die Waffe anfasste und überprüfte, hatte er nicht das erste Mal eine in der Hand.

»Was regst du dich so auf, Judith?«, murmelte Mo monoton, »Du knallst jeden Tag hunderte Leute ab.«

»Pixel! Ich klicke mit einer Maus und Tasten einer Tastatur auf Pixel, die daraufhin ihre Farbe verändern. Das ist etwas ganz anderes, als eine echte Waffe zu benutzen!«, erklärte Judith aufgebracht.

»Wo hast du das Teil her?«, fragte Stefan, Feuer und Flamme.

»Von meinem Stalker!«, brummte Mo und stierte leer vor sich hin.

»Was?«, quietschte Judith.

»Von dem Typ, der Ian Yery erfunden hat? *Dem* hast du das Ding abgenommen?«, fragte Stefan. »Geile Sache!« Er setzte sich zu Mo, funkelte ihn begeistert an und fragte ehrfürchtig: »Hast du ihn erschossen?«

Mo bedachte seinen Mitbewohner mit einem mitleidigen Blick. »Ja, verdammt, ich habe ihn erschossen.« Mit einem schweren Seufzen erhob er sich und stapfte in sein Zimmer. Dann krachte die Tür laut ins Schloss.

Stefan und Judith sahen ihm schweigend nach, dann einander an.

»Denkst du, er hat wirklich jemanden umgebracht?«, fragte Stefan und konnte die Begeisterung kaum in Zaum halten.

»Nie im Leben«, murmelte Judith.

»Aber falls doch.« Stefan richtete die Waffe auf die Kaffeemaschine. »Dann sollten wir die Polizei informieren.«

»Richtig!«, ätzte Judith. »Und auf der Tatwaffe sind überall deine Fingerabdrücke, du Hirni!«

»Au, Scheiße!«, fluchte Stefan und wischte die Pistole mit den Ärmeln seines Pullovers ab, wie er das oft in Filmen beobachtet hatte.

## ... VERPRÜGELT ...

»Kommst du mit?«, fragte Judith.

Seit Mo so aufgelöst mit der Waffe in der Küche gesessen hatte, waren zwei Wochen vergangen. An diesem Tag und in der Woche darauf hatte sie sich nicht getraut, ihren Mitbewohner auf den Selbstverteidigungskurs anzusprechen. Mo war seit diesem Tag so schweigsam und in sich gekehrt, wie sie ihn bisher noch nie erlebt hatte. Auf Fragen antwortete er gar nicht, oder nur mit einem genervten Grunzen. Wenn er doch mal etwas sagte, dann klang es monoton und gelangweilt. Er wirkte aber nicht depressiv, sondern eher nachdenklich. Er grübelte fast ununterbrochen. Judith hatte zwar miterlebt, dass Mo einige Tage vor Wettkämpfen immer etwas ruhiger wurde, aber solche bestritt er seit längerem nicht mehr. Außerdem war er dann nicht so abweisend.

Stefan hatte die Waffe gut versteckt – für den Fall des Falles – zumindest bis Mo damit herausrückte, wo er sie wirklich her hatte. An die Geschichte, dass sie vom Stalker wäre und Mo ihn damit auch noch erschossen hätte, glaubten sie beide nicht.

»Wozu?«, grunzte Mo gehabt eintönig. »Es gibt keinen Stalker mehr, also brauch ich den Kurs auch nicht mehr.«

»Vielleicht würde er dir guttun«, meinte Judith.

»Achja?« Mo drehte sich herum und blickte sie kalt an. »Soll ich alte Weiber schubsen, damit es mir besser geht?«

»So war das nicht gem...«

»Dann lass mich in Frieden!«, fuhr Mo sie an und wandte sich wieder ab.

Judith blieb eine Weile unschlüssig im Zimmer stehen.

»Nach dem Selbstverteidigungskurs hat der Karateverein die Halle gemietet. Vielleicht willst du ja mitkommen und dich von denen verprügeln lassen«, ätzte sie.

»Das machen die nicht – wegen ihres Kodex«, brummte Mo.

»Och, wenn sie den richtigen Grund bekommen ...«

»Und den kannst du ihnen liefern, ja?«

»Wenn du dich wirklich verprügeln lassen willst, warum pöbelst du dann nicht ein paar Skinheads an?« Judith drehte sich um und stampfte aus dem Zimmer.

Als sie wenig später mit ihrer Trainingstasche in der Hand die Wohnungstür öffnete, um zum Selbstverteidigungskurs zu gehen, stürmte Mo aus seinem Zimmer. Er hatte sich geduscht, rasiert, roch gut und erklärte gutgelaunt:

»Ich komm mit!«

»Männer!«, zischte Judith, verdrehte die Augen und schüttelte den Kopf.

## ... VERHINDERT ...

Mos Herz raste, als er die Halle betrat und nach Nils Ausschau hielt, aber der war nicht da. Er kam auch nicht etwas später, wie bei der ersten Trainingseinheit. Verdammt! Dabei hatte sich Mo entschieden, mit ihm in Ruhe über die ganze Angelegenheit zu reden. Vielleicht hatte er etwas überreagiert, gestand er sich ein. In den letzten zwei Wochen hatte er die E-Mails immer und immer wieder durchgelesen, so wie die Texte aus den Foren. Vielleicht sah Mo die Sache ja romantisch verklärt, aber er wollte nicht glauben, dass Nils böse Absichten gehabt hatte. Mo hatte ja mitbekommen, wie naiv und verträumt der hübsche Kerl war. Immer wieder, und oft mit einem Schmunzeln, musste Mo daran denken, wie er Nils im Chinarestaurant angemacht, und dieser das einfach nicht bemerkt hatte. Aber was Mo immer noch fassungslos machte, ihn dazu brachte, in den unmöglichsten Situationen unvermittelt den Kopf zu schütteln und »unglaublich« zu murmeln, war die Tatsache, dass Nils es geschafft hatte, bis zu seinem zweiunddreißigsten Lebensjahr Jungfrau zu bleiben! Zumal Nils wirklich hübsch war, nett, ... lustig, wenn auch letzteres vielleicht etwas unfreiwillig.

Mo hatte sich die Mühe gemacht, die Foren, in denen sich Nils so herumtrieb, nach anderen Beiträgen von ihm abzusuchen und zu übersetzen. Mittlerweile musste er nicht mehr ununterbrochen im Wörterbuch herumblättern. Vielleicht war Mo jetzt der Stalker. Was er von Nils las, fand er nett, auch wenn er von der Materie des 3D-Modellierens wenig verstand. Es waren die Dinge abseits der Fachsimpelei, die Mo überzeugten. Nils war immer einer der Ersten, die mit Tipps und Ratschlägen zur Seite standen. Dabei schlug er einen humorigen Ton an und machte sich manchmal auch die Mühe, die Arbeiten anderer auf Fehler und Lösungswege hin zu untersuchen. So agierte doch kein Irrer, oder? Vielleicht ein Einsamer, aber kein Irrer. Mo wollte die Sache nicht so stehen lassen. Und vielleicht ...

Die Frau, mit der Nils letztes Mal da gewesen war – angeblich seine Schwester – funkelte ihn ständig giftig an. Hatte ihr Nils von der Auseinandersetzung erzählt? War Nils *deswegen* nicht hier?

»Immer schön Trainingspartner tauschen«, wiederholte Judith ihr ewiges Mantra und so kam es, dass Mo schließlich mit Jana auf der Matte stand. Sie hegte eindeutig einen Groll gegen ihn und schlug bei den Übungen mit ganzer Kraft zu. Auch wenn Mo die Schläge gut parierte, tat das weh.

»Wo ist dein Bruder?«, fragte er sie endlich.

»Das geht dich nichts an, Arschloch!«, zischte sie und landete einen sehr schmerzhaften Treffer.

Mo ächzte auf!

»Immer schön abwehren«, mahnte Judith, als sie das sah, zwinkerte Mo zu und scherzte: »Wie ich sehe, brauchst du keine Karatekämpfer oder Nazis.« Dann wandte sie sich an Jana und motivierte sie: »Immer schön weitermachen. Mit ganzer Kraft!«

»Hat sie gerade behauptet, ich wäre ein Nazi?«, stieß Jana empört hervor.

Mo grinste. »Jap!«

Er sah zu, wie Nils' Schwester auf Judith zurannte, sie an der Schulter berührte und im nächsten Moment auf dem Bauch lag, die Arme verdreht und ein Knie im Kreuz. Ein paar Kursteilnehmer klatschten in die Hände.

»Habt ihr alle gut aufgepasst?«, fragte Judith in die Runde.

»Können wir das am Ende des Kurses auch?«, fragte die ältere Dame anerkennend. Judith kletterte von Jana herunter, die benommen aufstand und an ihrer Kleidung zupfte.

»Dazu ist etwas mehr Training nötig, aber die erste Lektion ist, nie in so eine Situation zu geraten.« Dabei grinste sie Jana breit an und sagte freundlich. »Danke, dass du dich für die Demonstration zur Verfügung gestellt hast.«

Mo unterdrückte ein Kichern.

Jana marschierte stinksauer auf ihn zu und pustete dabei eine Strähne aus dem Gesicht, die bei der Bauchlandung dem strengen Zopf entkommen war. »Du hast das gewusst, oder? Du hast gewusst, dass das passiert!«, zischte sie, und ehe Mo antworten konnte, sackte er in sich zusammen und hielt sich die Eier. Sie hatte exakt ins Schmerzzentrum getroffen. Mit ihrem ganzen Gewicht warf sie sich auf ihn und zischte: »Wegen dir wollte sich mein Bruder umbringen, du Arsch!« Dann biss sie Mo auch noch ins Ohr, kletterte von ihm runter und stampfte aus der Halle.

Als Judith warnend ihren Namen rief, drehte sich Jana nicht um, sondern hob ihre Arme und streckte die Mittelfinger aus.

Trotz Schmerzen wuchtete sich Mo auf die Beine und humpelte o-beinig aus der Halle. Er fand Nils' Schwester in der Umkleide. Nur in Unterwäsche wühlte sie hastig in ihren Sachen.

»Na? Willst du dich an mir aufgeilen?«, fauchte sie.

»Ich steh nicht auf Frauen.«

Jana zischte abfällig und schlüpfte in ihre Hose.

»Wie hast du das gemeint, was du da drinnen gesagt hast?«, wollte Mo wissen.

»Was meinst du?«, tat Jana ahnungslos.

»Du weißt, was ich meine.«

»Ich will es von *dir* hören.« Sie funkelte ihn wild an. »Ich will, dass du es ausprichst.«

Ungläubig starrte Mo sie an. Die Frau war wirklich sauer auf ihn. »Was hast du damit gemeint, dass sich Nils ... dass er ...«, es ging ihm schwerer über die Lippen, als er gedacht hatte, »... das tun wollte?«

»*Was* tun wollte?« Jana stemmte ihre Fäuste in die Hüften.

»Sich umbringen«, presste Mo hervor. »Gehts dir jetzt besser?« Erschöpft ließ er sich auf eine der Bänke fallen. Auf einmal fühlte er sich zwanzig Jahre älter.

»Na, wie werd ich das wohl gemeint haben?« Jana stopfte ihre Sportsachen in ihre Tasche.

»Was ist passiert, warum hat er ...?«

Jana warf ihre Tasche zu Boden und atmete tief durch. »Ich weiß ja nicht, was zwischen euch vorgefallen ist, aber er hatte am Tag nach eurem Date einen Nervenzusammenbruch.«

»Scheiße!«, stieß Mo hervor. Er hatte so etwas befürchtet. »Wie gehts ihm jetzt?«

»Ich weiß es nicht.« Jana seufzte und ließ sich nun auch auf eine Bank sinken.

»Wie meinst du das?«

»Er ist in einer Klinik und will keinen Kontakt mit mir, weil ich ihn hab einweisen lassen!«

»Du hast *was?*«

»Du hättest ihn sehen müssen!«, verteidigte sich Jana. »Er war völlig durch den Wind, hat seine Wohnung komplett auf den Kopf gestellt. Dann hat er mein Handy im Klo runtergespült und ihm nachgewunken.«

Mo prustete los. »Er hat *was?*«

»Das ist nicht komisch. Der Arzt hat mir erzählt, dass Nils Suizidabsichten hat. Er hat mich gefragt, ob Nils eine Waffe besitzt. Scheiße ... ich weiß, dass er eine hat, aber ich hab sie nirgends finden können. Ich hab echt Schiss, dass er sie so gut versteckt hat, dass ich sie nicht finde, und wenn er wieder heimkommt – Peng! Auch wenn er mich für immer dafür hasst: ich bin überzeugt, dass es richtig war, dass ich Hilfe geholt habe.«

Mo wurde schlecht. Er sprang hoch, stürzte aufs Klo und umklammerte die Schüssel. Ein kalter Schweißfilm bildete sich auf seiner Haut. Er würgte. Seine Hände zitterten, die Knie schmerzten. Als er sich wusch, blickte ihm aus dem Spiegel eine ziemlich bleiche, elende Version seiner selbst entgegen: Das hast du TOLL gemacht!

»Das geht dir an die Nieren, was? Was glaubst du, wie es *mir* geht?«, sagte Jana bitter, als Mo wieder in die Umkleide wankte und sich auf die Bank plumpsen ließ.

»*Ich* hab die Waffe«, flüsterte er und stützte den Kopf in die Hände. Was, wenn er sie nicht zufällig gefunden hätte, als er den Schuh gesucht hatte? Mo wollte gar nicht dran denken. Das Bild einer Beerdigung blitzte vor seinem inneren Auge auf. Er schüttelte den Kopf.

»Du?«, rief Jana erstaunt. »Wie kommst du zu der ...«, sie senkte ihre Lautstärke, »... Waffe?«

»Ich hab sie zufällig gefunden und ... ich weiß nicht ... vielleicht habe ich befürchtet, dass er sich damit etwas antun will ... ich hab sie einfach eingesteckt«, erklärte Mo. »Verfluchter Vollidiot, warum denn gleich umbringen?«, stieß er wütend hervor und raufte sich die Haare.

»Willkommen im Club«, murmelte Jana. »Wenn es nicht so furchtbar ironisch wäre, würde ich ihn am liebsten dafür umbringen, dass er sich umbringen wollte.«

»Kann man ihn besuchen?«, fragte Mo.

»Bist du bescheuert? Deinetwegen hat er den ganzen Scheiß doch erst gemacht! Du hältst dich von ihm fern! Auch wenn ich dir dankbar bin, dass du ihm das Ding abgenommen hast.«

»Ich muss mit ihm über diese Sache reden. Ich glaub, es würde ihm danach besser gehen.«

»Netter Versuch.« Jana lachte zynisch. »Du willst mit ihm reden, damit es dir besser geht!«

»Kannst du ihm vielleicht etwas ausrichten?«, fragte Mo.

»Nein. Hast du nicht zugehört? Er will mit mir nichts mehr zu tun haben. Aber selbst wenn doch, richte ich ihm von dir ganz bestimmt nichts aus.« Sie seufzte. »Wenn ich gewusst hätte, wie das endet, hätte ich ihn nicht ermutigt, das Date mit dir wahrzunehmen.« Sie warf Mo einen flüchtigen Blick zu. »Du weißt ja, wie er ist ... oder auch nicht ... wie auch immer, er hat kalte Füße bekommen und ich hab ihm gedroht, falls er dich versetzt ... Harch. Ich könnt mich ohrfeigen dafür.«

»Das liegt wohl in der Familie«, murmelte Mo.

»Was?«

»Zu glauben, die Dinge wären einfacher, wenn man sie *nicht* tut.«

»Arschloch«, zischte Jana, packte ihre Tasche und stöckelte raus.

# 14| KLAPSE

### ... HORST ...

Ein roter Rollkragenpulli, ein fröhliches, hellbraunes Gesicht und schwarze Locken, die sich wie ein Wirbelsturm auf dem Kopf des Arztes türmten. Nils konnte nicht anders, als die Ausläufer dieses beeindruckenden Adlerhorsts anzustarren.

»Also, Nils, wir sehen uns ja heute zum letzten Mal.« Der Arzt hakte irgendetwas in den Unterlagen ab.

»Ich bin noch nicht bereit!«, murmelte Nils und zwang sich, den Blick von diesem Haar loszureißen. Der Psychiater, oder zumindest eins seiner Elternteile, musste ein Inder sein.

»Natürlich sind Sie bereit, Nils.« Der Arzt blinzelte ihn mit seinen dunkelbraunen Augen an. So wie sein Haar war auch sein Gesicht: lustig, rund und üppig. Er hätte einen fantastischen Clown abgegeben.

»Ich kann nicht mit Menschen ...«

»Da habe ich aber etwas ganz anderes beobachtet. Sie sind gut integriert, kommen mit jedem hier gut aus – und mir ist zu Ohren gekommen, dass Sie sehr beliebt sind – vor allem bei den neuen Patienten.«

»Das sind aber auch alles Irre«, verteidigte sich Nils.

Der Psychiater brach in schallendes Lachen aus, dann stützte er sich auf den Schreibtisch und musterte Nils von Kopf bis Fuß. »Ich verrate Ihnen mal was: Ich arbeite seit bald dreißig Jahren in diesem Beruf – und meine Beobachtung ist: Die Irren, die sind nicht hier drin. Hier, Nils, hier sind maximal die Opfer von Irren.«

Nils starrte den Arzt kritisch an. »Und Sie wollen mich da raus schicken?«

Wieder begann der Psychiater schallend zu lachen. »Haben Sie nicht eben behauptet, mit Irren können Sie gut?«

»Es ist nur ...« Nils blickte auf seine Finger.

»Ich höre?«

»Das ist ... das ist wie mit Delphinen und Haien«, erklärte Nils, »Hier drin sind Delphine. Alle haben sich darauf geeinigt, nett zueinander zu sein – aber da draußen ...«, Nils zeigte wieder zum Fenster, »... da sind die Haie. Ich bin hier nicht auf Haie, sondern auf Delphine vorbereitet worden.«

Der Arzt legte den Kopf schief und ließ den Blick durch den Raum wandern.

Nils' Aufmerksamkeit verlor sich wieder kurz in diesem ... Haar.

»Dieser Jan«, begann er seine These zu untermauern und dabei auf einen Mitpatienten anzuspielen. »Jedes Mal, wenn er Besuch erhalten hat, geht es ihm danach schlecht, dabei ist er sonst ein fröhlicher ...«

»Und Sie haben *nie* Besuch erhalten. In allen sechs Wochen nicht *ein* Mal. Ist *das* Ihr Konzept?«, fragte der Arzt. Volltreffer. Mitten in die Magengrube. »Passen Sie mal auf, Nils: Sie haben es geschafft, hier Kontakte zu knüpfen und Sie werden das auch da draußen schaffen. Geben Sie den Menschen eine Chance. Das da draußen – um auf Ihre Metapher zurückzukommen – ist ein gemischtes Becken. Suchen Sie sich andere Delphine. Außerdem ... wussten Sie, dass Delphine Haien ziemlich unangenehm werden können? Sie können Haie sogar töten, indem sie mit der Schnauze deren Kiemen rammen und sie haben scharfe Zähne. Nils, Sie sind stärker als Sie glauben.«

»Aber ich habe ...«

»Ja, Nils, Sie haben Scheiße gebaut. Ich hab auch Scheiße gebaut. Wir alle bauen Scheiße. Aber das Leben geht weiter. Die Suppe müssen wir freilich selbst auslöffeln.«

»Ich kann das aber nicht wieder gut machen«, murmelte Nils.

»Reden Sie keinen Unsinn. Klaus – Sie wissen schon, der seine Schwester im Suff unter dem Bett erdrückt hat – *der* kann das nicht mehr gut machen. Sie haben niemanden umgebracht, Nils, und obendrein noch Riesenglück, dass dieser Mann Sie nicht verklagt. Er hätte gute Chancen und das käme richtig teuer.«

»Was nicht ist, kann noch werden«, nuschelte Nils. »Außerdem ...«

»Ich erzähle Ihnen jetzt eine Geschichte, und ich schicke voraus – es handelte sich um keine Patienten: Auf einer Zugfahrt lernten sich eine junge Frau und ein junger Mann kennen und unterhielten sich prächtig. Nach der gemeinsamen Fahrt trennten sie sich, ohne voneinander die Namen zu kennen oder zu wissen, woher sie kamen. Nach einer Weile merkte die Frau, dass ihr der junge Mann nicht mehr aus dem Kopf ging, weil sie sich in ihn verliebt hatte. Alle Versuche, ihn ausfindig zu machen, schlugen fehl –

sie hatte keine Anhaltspunkte – also ließ sie von einem Phantomzeichner ein Portrait von ihm anfertigen und in allen Zeitungen auf Seite Drei abdrucken, mit dem Vermerk: Hinweis unter dieser Nummer. Die meisten Menschen dachten, das wäre ein gesuchter Verbrecher, weswegen es dieser junge Mann eine Zeitlang nicht sehr leicht hatte.«

»Und warum erzählen Sie mir das?«

»Weil ich glaube, dass Sie dasselbe gemacht haben wie diese Frau. Anders, auf Ihre Art, aber ich bin überzeugt, Sie haben versucht diesen Mann so zu finden«, erklärte der Psychiater.

»Ich hab nicht ...«

»Vielleicht haben Sie es nicht bewusst getan.« Der Arzt grinste breit. »Und immerhin: Es hat doch funktioniert, oder? Sie haben ihn gefunden.«

»Toll!« Nils rollte mit den Augen.

»Mein Tipp, Nils, suchen Sie eine Aussprache, geben Sie der Liebe eine Chance.«

»Liebe?«, fragte Nils heiser und starrte den Arzt an. »Der Typ hasst mich.« Er schlug einen jammernden Tonfall an: »Für den bin ich ein Freak!«

Der Arzt wackelte seltsam mit dem Kopf – wie Nils es bisher immer in Parodien über Inder gesehen hatte. »*Ich* bin ein Freak«, erklärte der Psychiater zu Nils' Verblüffung. »Sehen Sie mich an – ich sehe aus wie ein HipHop-Troll und bin auch noch Irrenarzt. Aber selbst wenn Sie ein Freak wären: Damit lässt es sich gut leben. Es gibt Frauen, die verrückt nach mir sind. Viele Menschen lieben Freaks. Wenn dieser Mann Sie wirklich hasst, bedeuten Sie ihm etwas. Das ist eine Chance.«

Nils glupschte den Arzt an. »Es soll eine Chance sein, dass er mich hasst?« Der Typ war scheinbar wirklich ein Freak.

»Das Gegenteil von Liebe ist nicht Hass, sondern Gleichgültigkeit. Die meisten Ehepaare, die ich kenne, hassen sich. Das ist eine hervorragende Basis«, erklärte der Art und grinste Nils zuversichtlich an.

»Ist das Ihr ernst?« Nils kräuselte die Stirn und fühlte eine seltsame Form der Aufregung in sich hochsteigen.

»Mein absoluter ernst. Ich weiß, ich sehe noch aus wie ein Knabe – aber ich hab einige Erfahrung – vergessen Sie nicht, was mein Job ist.«

»Ja aber ...«

»Ich weiß. Sie wollen einwenden, dass das ja alles Irre waren, nicht wahr?«, griff der Arzt Nils' Worten voraus. »Ich mache Ihnen einen Vorschlag. Sie gehen morgen hier raus und beschaffen mir einen Menschen, der kein Irrer ist. Wenn Sie das schaffen, dürfen Sie hier so lange bleiben wie Sie wollen. Abgemacht?« Der Wirbelwind hob seinen Hintern drei Zentimeter vom Sessel und streckte seinen Arm über den Schreibtisch.

Zögernd schlug Nils ein und ließ sich die Hand schütteln.

»Gut. Dann wünsche ich Ihnen viel Glück auf Ihrem weiteren Lebensweg.«

Nils erhob sich zögernd und lief mit weichen Knien zur Tür. Er hatte die Klinke schon in der Hand, als er sich spontan umdrehte und fragte: »Wie ist die Geschichte ausgegangen? Die mit der Frau und dem Phantombild?«

»Schlecht. Sehr schlecht«, antwortete der Psychiater und Nils versetzte es einen Stich in den Magen. »Sie haben geheiratet.« Der Arzt schüttelte seinen Wuschelkopf. »Drei Kinder. Also mit Sex läuft da erst mal gar nichts.«

»Freak!«, murmelte Nils, und als er wenige Meter den Flur runtergegangen war, musste er lachen.

# 15| Hoch hinaus

### ... UNTER FREAKS ...

Nils saß mit elf anderen Patienten auf Stühlen, die in einem Kreis aufgestellt worden waren, und wartete auf den Beginn der Gruppentherapie. Es war das letzte Mal und das stimmte ihn wehmütig. Er hatte zwar mit einigen der anderen Patienten Telefonnummern ausgetauscht, aber Nils war nicht sicher, ob er sich auch trauen würde, sich bei ihnen zu melden.

Da wackelte die Therapeutin schon heran, klein, pummelig und fröhlich wie immer. Das war etwas, das Nils vom ersten Tag an verwundert hatte. Hier war das gesamte Personal immer fröhlich. Vielleicht nahmen sie irgendwelche Tabletten, argwöhnte er, oder hatten Chips implantiert, die Stromstöße aussandten, sobald die Mundwinkel drohten, nach unten zu kippen. Neben der kleinen stakste ihr genaues Gegenteil einher – eine große, hellblonde, dünne Frau. Nils hatte sie zwar schon öfter hier gesehen aber noch nie mit ihr zu tun gehabt.

»Ulrich, Sandra, Nils, Heinz und Corinna, ihr geht mit Tamara mit«, sagte die Gruppentherapeutin.

Verwundert erhoben sich die Angesprochenen.

»Ihr seid heute das letzte Mal hier – da gibts eine ganz spezielle Einheit.« Sie zwinkerte vielversprechend.

»Macht euch fertig für einen kleinen Ausflug«, wies Tamara an. »Wir treffen uns in einer Viertelstunde draußen beim Bus.«

»Wo fahren wir ihn?«, fragte Ulrich.

»Lasst euch überraschen.« Ein spitzbübisches Grinsen huschte über ihr Gesicht. Sie tippte auf ihr Handgelenk, an dem keine Uhr war, und wiederholte: »Fünfzehn Minuten.«

»Ich hasse Überraschungen«, maulte Sandra, als sie ihre Zimmer aufsuchten.

Nils nickte zustimmend. Ihm war schlecht. Vielleicht konnte er hier bleiben.

Eine halbe Stunde später saß er dann aber doch im Bus bei den anderen. Ulrich plauderte angeregt mit der Therapeutin, der Rest hockte brütend da und harrte mit flauem Magen der Dinge, die da kommen würden. Die Fahrt dauerte nicht lange, da hielt der Wagen schon auf dem Parkplatz eines Sportzentrums. Allgemeines Raunen.

»Ich bleib im Bus und warte. Ich hasse Sport«, erklärte Sandra und verschränkte die Arme.

»Ich auch.« – »Ich auch.« – »Ich auch«, maulten die anderen.

Nils enthielt sich der Stimme und beschloss, erst einmal abzuwarten.

»Ich zwinge niemanden zum Mitmachen, aber seht es euch zumindest einmal an«, schlug Tamara vor. Widerwillig und nach einigen weiteren Ermunterungen, ließ sich die Gruppe darauf ein und latschte träge hinter der hochgewachsenen Therapeutin her.

Als sie die helle, freundliche und sehr moderne Sporthalle betraten, blieb ihnen der Atem weg. Das war keine gewöhnliche Turnhalle, wie sie sie aus der Schulzeit kannten, sondern eine Kletterhalle. Es sah wild aus, abenteuerlich, regelrecht spektakulär. Nils bekam weiche Knie, sein Bauch kitzelte. Sofort schaute er sich nach den Kletterern um, die hier unterwegs waren. Er hielt nach Mo Ausschau, auch wenn es unwahrscheinlich war, dass dieser ausgerechnet jetzt ausgerechnet hier war.

Natürlich war er *nicht* hier.

Nils bestaunte die Wände. Auch wenn ihm schlecht war vor Aufregung – er wollte es zumindest einmal versuchen. Der Unmut, und der vermeintliche Hass auf Sport, war bei allen verflogen. Obgleich jeder Respekt vor der Wand hatte und sie während der Instruktionen beäugte als wäre sie ein gefährliches Raubtier, war die kindliche Neugier geweckt. Sie tuschelten untereinander, ob sie sich da hoch trauten oder nicht, und wie hoch sie wohl kommen würden.

Ulrich war der Erste, der Mut fasste und sich den Klettergurt anlegen ließ. Mit ein paar dummen Scherzen legte er unter den Anweisungen der Therapeutin los. Natürlich ging es nicht ohne blöde Psychometaphern von wegen, einen Schritt nach dem anderen, über sich hinauswachsen, Hilfe annehmen ist Stärke, eigene Grenzen kennenlernen, Herausforderungen erzeugen Erfolgserlebnisse, und so weiter ... der ganze semiesoterische Quatsch, den Nils sechs Wochen über sich hatte ergehen lassen müssen, und an den er nach wie vor nicht glaubte.

Aber das war immer noch besser als die Welt da draußen.

Nach und nach traute sich einer nach dem anderen an die Wand. Nils saß noch da und schaute lieber zu. Er beobachtete die Bemühungen der anderen und überlegte sich Strategien. Von hier unten sah es ganz leicht aus.

»Ah, da kommt Verstärkung«, rief Tamara erfreut, als sie gerade dabei war, Corinna den Klettergurt anzulegen. »Jetzt können sich gleich zwei an der Wand versuchen.«

Alle drehten sich nach dieser Verstärkung um.

Nils' Herz machte einen Satz.

»Darf ich vorstellen – das ist Moritz. Wer will als Nächstes?«

Nils' Hände begannen zu zittern, er bekam kaum Luft, sein Bauch flatterte und er schämte sich in Grund und Boden. Er senkte den Blick und wünschte sich, unsichtbar zu werden. Wie peinlich. Jetzt war er auch noch der Psycho, der mit der Klinik zum Therapieklettern kam.

»Ich beiße nicht«, scherzte Mo.

Nils wandte das Gesicht ab. Vielleicht erkannte er ihn ja nicht.

»Nils?«, rief Mo auch schon aus.

»Ihr kennt euch?«, fragte Tamara, »Das ist ja prima. Nils, hopp-hopp, ran an die Wand.«

Am liebsten wäre Nils aufgestanden und aus der Halle gestürzt. Aber was würde Mo dann von ihm halten? Er dachte an die Metapher, über die er heute Vormittag mit dem Arzt gesprochen hatte. Delphine konnten Haien gefährlich werden. Nils hielt sich an den Worten des Arztes fest, dass er stärker wäre als er glaubte. Na dann, auf in den Kampf! Nils schluckte schwer und erhob sich ohne Mo anzusehen.

»Wie gehts dir?«, fragte Mo mit überraschend weicher Stimme, fast so, als wäre er richtig besorgt.

Damit hatte Nils nicht gerechnet. Er war davon ausgegangen, Mo würde ihn erneut wegen Ian Yery fertigmachen. Überrascht hob er den Kopf und blickte Mo in die Augen. Sechs Wochen hatte er ihn nicht gesehen, nicht einmal seinen virtuellen Doppelgänger. Er hatte sich auch verkniffen, Zeichnungen von ihm anzufertigen. Die längste Abstinenz von diesem Mann seit drei Jahren! Es war überwältigend, nun vor ihm zu stehen. Der rotblonde Kerl blickte ihn sanft und sorgenvoll an und Nils' Herz hämmerte so heftig, dass es beinahe als Echo von den Wänden widerhallte.

»Gut«, zwang er sich zu einer Antwort.

»Gottseidank!« Mo riss ihn ungestüm in die Arme. Er drückte Nils so fest, als wollte er ihn zerquetschen.

Das hatte Nils vermisst! Seit er wusste, wie sich eine Umarmung anfühlte, vermisste er sie mehr, als all die Jahre davor. Aber nicht nur eine Umarmung. All die anderen schönen Dinge, die Mo ihm gezeigt hatte, vermisste er nun auch mehr als zu jener Zeit, als er noch nicht gewusst hatte wie sie sich anfühlten. Eine ganze Weile hatte er Mo dafür verflucht, weil es nun viel unerträglicher war, allein zu sein. Nils schmiegte sich an Mos warmen, so gut duftenden Körper, vergaß, wo er war und dass er als Patient der Psychiatrie hier war. Er vergaß, dass er ein

Freak war, sich unzulänglich fühlte, Angst vor der Welt hatte. Hier wollte er bleiben, in Mos Armen. Für immer.

Es tat fast weh, als sich Mo wieder von seinem Körper trennte.

»Na, dann wollen wir mal die Wand erobern, hm?«, meinte Mo fröhlich und schwenkte einen Klettergurt.

Nils konnte nicht verhindern, dass ihn die Nähe dieses Mannes erregte, vor allem, als er auch noch an ihm herumhantierte, um den Gurt richtig anzulegen. Dank dieser blöden Riemen um Schenkel und Bauch, wurde Nils' Erektion ziemlich eindrucksvoll herausgestellt.

»Aha!«, machte Mo, als er das deutliche Zelt entdeckte, und grinste breit. Er geleitete Nils so zur Wand, dass keiner der anderen sein *Problem* sehen konnte, gab ihm einen Klaps auf den Hintern und hauchte: »Los gehts!«

Nils gab sich redlich Mühe, sich aufs Klettern zu konzentrieren, doch die Erregung machte es ihm schwer. Die Vorstellung, dass Mo ihm gerade auf den Hintern glotzte, machte ihn ganz wuschig. Abseits seiner sexuellen Nöte aber machte ihm dieser Sport richtig Spaß. Zur Abwechslung war es tatsächlich so, wie er es sich vorgestellt hatte. Es kostete viel Kraft, was er aber erst so richtig merkte, als er wieder sicheren Boden unter den Füßen hatte, seine Beinmuskeln zitterten und sich die Arme wie Gummi anfühlten.

»Ich werde mich morgen vor Muskelkater nicht bewegen können«, murmelte Nils, als er sich aus dem Klettergurt schälte.

»Ist das dein erstes Mal gewesen?«, fragte Mo.

Nils flüsterte: »Bei mir ist *alles* das erste Mal.«

Mo lachte und erst da bemerkte Nils, dass er das eben laut gesagt hatte. Er wurde rot.

»Du hast Talent«, meinte Mo, »das solltest du öfter machen.«

»Was? Klettern?«

Mo schmunzelte. »Das auch.«

Als die Trainings- und Therapieeinheit zu Ende war und die Gruppe auf den Ausgang zusteuerte, lief Mo hinter ihnen her und berührte sanft Nils' Arm. »Kann ich dich mal ... ich weiß, Jana hat gesagt, du willst das nicht, aber ... kann ich dich mal in der Klinik besuchen kommen?«

»Du hast mit Jana gesprochen?« Nils geriet in Panik. Was hatte ihm seine Schwester erzählt? Was wusste Mo? Er schien nicht gerade überrascht gewesen zu sein, dass Nils mit einer Therapiegruppe hier aufgetaucht war. Konnte es sein, dass Mo wusste, dass er ... eingewiesen worden war und trotzdem mit ihm Kontakt haben wollte?

»Ich hab mir wirklich Sorgen gemacht«, gestand Mo sanft.

»Um mich?«

»Nein, um das Basismodul der russischen Raumstation. Natürlich um dich, Nils.« Mo tastete nach seinen Fingern. Wow.

»Du kannst mich nicht in der Klinik besuchen«, meinte Nils knapp.

Rasch ließ Mo die Hand los und senkte enttäuscht den Kopf. »Okay, na dann ... kann ich verstehen ...«

»Ich komm morgen raus«, erklärte Nils und in Mos Gesicht huschte ein begeistertes Lächeln.

»Wirklich?«

»Ja ... leider«, seufzte Nils und blickte auf seine Schuhspitzen.

»Leider?«

»Drin hab ich meine Ruhe vor ... allem. Weißt du, Mo, so unter all den anderen Irren, da fühle ich mich als Freak so richtig wohl«, sagte Nils, drehte sich um und lief zu den anderen, die bereits im Bus auf ihn warteten. Verdammt. Warum hatte er das gesagt? Er musste wirken wie der reinste Psycho.

# 16| BEST FRIENDS

### ... ALOHA ...

Mo blickte an sich runter und schüttelte ungläubig den Kopf. Es war Oktober und er trug ein Hawaiihemd, Shorts und Flipflops. Das Hemd war von Stefan und so weit geschnitten, dass man darunter eine Flüchtlingsfamilie hätte beherbergen können. Mo wackelte mit den Zehen und seufzte unglücklich. Er sah total lächerlich aus.

»Ohne Motto wäre das nicht gegangen?«, rief er Judith über die Musik hinweg zu, als er sein Zimmer verließ. Sie hatte ein buntes Tuch um ihren zierlichen Körper gewickelt und trug eine überdimensionale Plastikblume im Haar.

»Aloha«, grüßte sie ihn, wie sonst nur jene Besucher, die durch die Eingangstür kamen, und fuchtelte mit einer Blumenkette herum.

Mo musste sich weit runter beugen, damit sie ihm dieses peinliche Ding aus Kunstfaser umhängen konnte. Ohne auf die Frage einzugehen, packte sie sein Handgelenk und zerrte ihn in die Küche, um ihm einen Cocktail in die Hand zu drücken. Sie war bereits etwas angeheitert und tanzte ununterbrochen im Takt der Musik.

»Warum Hawaii?«, fragte Mo.

»Warum *nicht* Hawaii?« Judith drehte sich um die eigene Achse.

Mo roch kritisch an dem neongrünen Getränk, an dessen Glasrand zur Deko eine Ananasscheibe steckte und aus dem ein pinkfarbener Strohhalm ragte. Vermutlich bestand das Gesöff aus Zucker, Alkohol und Farbstoff. Mo stellte es unauffällig ab.

Stefan bahnte sich einen Weg durch die bunt gekleidete, gut gelaunte Schar tanzender und plappernder Gäste. Dabei bewegte er die Arme, als würde er, wie angeblich Moses dereinst, das Meer teilen. Er wirkte ein bisschen schmierig und peinlich, wie der Patron einer Südseeinsel.

»Wurde ich soeben Zeuge des Anflugs eines Lächelns, Maestro?«, fragte Stefan und musterte Mo arrogant von Kopf bis Fuß.

»Such dir eine Palme und pflück dir ein paar Kokosnüsse, Padre«, brummte Mo, dem dieser ganze Maestro-Blödsinn, den Stefan seit Tagen abzog, mittlerweile gewaltig auf die Nerven ging.

»Das, mein Lieber, ist ja wohl eher Euer Fachgebiet, Maestro«, gab Stefan in einem näselnden Singsang von sich, rümpfte die Nase und flirrte davon.

Spinner! Vermutlich hatten ihm die Kriegsspiele das Gehirn zersetzt. Mo ließ den Blick gelangweilt durch die Menge schweifen. Es hatte Zeiten in seinem Leben gegeben, da hätte er sich auf solchen Partys amüsiert, aber ihm war nicht nach Feiern zumute. Schon lange nicht mehr. Vermutlich war es seine anhaltend schlechte Laune, die Stefan auf diesen Maestro-Scheiß gebracht hatte.

Gab es etwas Bescheuerteres als eine Best-Friends-Party? Vor einigen Tagen hatten sich Judith und Stefan in die Idee hineingesteigert, unbedingt mal wieder eine richtig geile Party machen zu wollen, und da keiner von ihnen in absehbarer Zeit Geburtstag hatte, kamen sie auf die Idee, eine Best-Friends-Party zu organisieren. Jeder sollte seinen allerbesten Freund einladen. Nach Mos Rechnung kämen damit drei Leute für einen gemütlichen Abend vorbei. Offenbar hatte das Motto also nichts mit der Gästeliste zu tun – und warum das Zweitmotto ausgerechnet *Hawaii* lauten musste, begriff Mo ebenso wenig. Stefan und Judith hatten es nur mit: Das ist lustig, da müssen sich alle verkleiden, begründet.

Mo hatte versprochen, sich zumindest für eine Stunde blicken zu lassen. Er schaute auf die Zeitanzeige der Mikrowelle. Noch fünfundfünfzig Minuten. Na denn!

Plötzlich trippelte Judith kreischend durch die Wohnung, streckte dabei die Arme aus und fiel einem Gast um den Hals.

Mo atmete erleichtert aus. Er hatte zuerst befürchtet, sie hätte eine Leiche entdeckt und stünde unter Schock. Als sie den Gast endlich freigab, erkannte Mo Jana, Nils' Schwester. Was machte *die* denn hier? Und warum tat Judith so, als wären sie Busenfreundinnen seit der Sandkiste? Frauen! Erst rissen sie einander die Haare aus und dann wurden sie zu symbiotischen Lebensformen. Männer waren da ganz anders, niemals würden sie ...

Nils! Mo tastete nach dem Drink, den er vorhin weggestellt hatte, und fing mit seinen Lippen den Strohhalm, um das Glas in einem Zug zu leeren. Doch der intensive Geruch stieg ihm so unangenehm in die Nase, dass er das Zeug angeekelt wieder abstellen musste. Mo wurde nervös. Seit er Nils vor einigen Wochen in der Kletterhalle getroffen hatte, war er ihm nicht mehr begegnet. Nils' schroffe Abfuhr – und als nichts anderes wertete Mo es – steckte ihm noch immer in den Knochen. Dass jemand lieber in der Psychiatrie blieb als sich mit ihm abzugeben, setzte Mo ordentlich zu.

Nils sah verdammt gut aus. Verändert. Das Haar war nun ganz kurz, was sein hübsches Gesicht zur Geltung brachte, ihn überhaupt offener und freundlicher wirken ließ. Außerdem lächelte er. Na ja, er grinste eher und die geweiteten Augen verrieten, dass ihm die Menschenansammlung zu schaffen machte, aber er kämpfte sich tapfer durch die Menge. Im Gegensatz zu seiner Schwester und allen anderen hier, hatte er wohl auf das Motto gepfiffen und trug ein simples weißes T-Shirt und Jeans. Selbst die Blumenkette nahm er sofort wieder ab und hängte sie um einen Stuhl.

Mo blickte an sich runter und kam sich unsäglich lächerlich vor. Warum machte er dieses schwachsinnige Theater mit, obwohl er keine Lust dazu hatte? Warum hatte er es nicht wie Nils gemacht und einfach darauf ... Oh verdammt! Dieser durfte ihn auf keinen Fall so sehen.

Zu spät. Nils hatte ihn bereits entdeckt und lächelte ihn über die Köpfe hinweg an. Er machte ein paar Schritte auf Mo zu, blieb verunsichert stehen, schien mit sich zu ringen, dann setzte er den Weg fort. Direkt vor Mo blieb er stehen, blickte unsicher zu ihm hoch und ... schwieg.

Mos Kehle wurde staubtrocken. Er wollte etwas sagen, Nils zumindest begrüßen, irgendetwas, aber er brachte keinen Ton raus. Sein Herz hämmerte wild und er musste daran denken, dass er Flipflops anhatte und eine Blumenkette um den Hals, mal ganz abgesehen von diesem grotesken Hemd. Er hob den Zeigefinger.

»Ich ... muss ... mich umziehen ... nicht weggehen!«, brabbelte Mo, kehrte Nils den Rücken zu und stürmte in sein Zimmer.

Verdammt! Er blickte an sich runter. Sein bescheuertes Outfit wurde gekrönt von einer gewaltigen Erektion, die ein Zelt mit seinen Shorts baute. Vielleicht sollte er ...? Es war vielleicht ein bisschen schräg, sich hier einen zu rubbeln, während da draußen eine Party tobte, aber wenn er heute noch einen zusammenhängenden Satz herausbringen wollte, kam er nicht drum herum. Auf jeden Fall musste er aus diesen Sachen raus. Hektisch entblößte er sich bis auf den Slip, da klopfte es an der Tür. Na prima! Wahrscheinlich wollte ihn Judith an sein Versprechen erinnern und ihm vorhalten, dass er noch keine ganze Stunde auf der Party gewesen war.

»Ich komm ja gleich, Mann!«, rief er ungehalten, sprang in die Jeans und quetschte seinen sperrigen Schwanz hinein.

Es klopfte nochmal. Judith wäre schon längst hereingeplatzt, also wollte wohl jemand anderes sein Zimmer benutzen. Mit dem Shirt in der Hand stampfte Mo zur Tür, öffnete sie einen Spalt und knurrte: »Das ist hier privat!«

»Das ist dein Zimmer?« Nils linste neugierig durch den Türspalt. Als er bemerkte, dass Mos Oberkörper nackt war, lief er rot an.

»Wer hat dich eigentlich eingeladen«, fragte Mo unfreundlich, anstatt auf die Frage einzugehen.

»Du«, antwortete Nils und glupschte Mo an.

»Sei nicht albern, ich hab dich nicht eingeladen.«

»Oh«, machte Nils leise und senkte den Kopf. »Dann war das wohl ein Missverständnis.«

»Wann sollten wir und missverstanden haben?«, platzte Mo heraus, »Wir haben uns seit Wochen nicht gesehen.«

»Judith hat ...«, begann Nils und unterbrach sich.

»Judith hat *was?*«

»Sie hat gesagt, du würdest dich freuen, wenn ich komme ... offenbar hab ich da etwas falsch verstanden. Ich bin schon weg«, nuschelte Nils und drehte sich um.

## ... CANAPÉS ...

Wie peinlich! Jana und Judith hatten beim Selbstverteidigungskurs über die Party gesprochen und Nils hatte zufällig mitgehört. Plötzlich hatte Judith innegehalten, Nils angegrinst und gemeint, Mo würde sicher riesige Augen machen, wenn er auftauchen würde. Nils hatte das versehentlich als Einladung aufgefasst. Jetzt kam er sich deswegen richtig blöd vor. Er hatte überhört, dass es nur eine Mutmaßung gewesen war und sich wahnsinnig darauf gefreut, dass Mo ihn sehen wollte. Jetzt wurde er dafür blöd angepöbelt. Das Beste war, wenn er die Party auf dem schnellsten Weg verließ.

Er hatte noch keinen Schritt getan, da packte Mo ihn am Ellenbogen und zerrte ihn in sein Zimmer. Er drückte die Tür hinter Nils zu und baute sich vor ihm auf.

»Du bleibst!«, knurrte Mo und funkelte Nils an. Die Hitze seines Körpers und sein betörender Duft machten Nils ganz wirr. Benommen sank er gegen die Tür. Die Klinke drückte sich unsanft gegen die Wirbelsäule. Nils musste gegen den Drang ankämpfen, eine Hand auszustrecken, um Mos atemberaubenden Körper zu berühren, über die nackte Haut zu streicheln. Er schielte zu den harten Nippeln. Seine Lippen prickelten und das Wasser lief ihm im Mund zusammen. Was für eine Verlockung! Wie gerne würde er jetzt einfach über diese festen, kleinen Knospen lecken ...

»Wir haben etwas zu bereden«, meinte Mo, drehte Nils den muskulösen Rücken zu und versteckte seinen schönen Körper unter einem T-Shirt.

Nils seufzte. Er hatte damit gerechnet, dass das leidige Thema Ian Yery irgendwann zur Sprache kommen würde. Spätestens seit Jana und Judith auf beste Freundinnen machten. So hatte er auch erfahren, wie übellaunig, richtiggehend unerträglich, Mo seit dieser Sache mit Ian Yery war. Die Schuldgefühle, diesem Mann das Leben so versaut zu haben, kosteten Nils viele schlaflose Nächte. Wie konnte er das je wiedergutmachen? Konnte er es überhaupt wiedergutmachen?

»Das war keine böse Absicht«, erklärte Nils leise.

»Wie bitte?«

»Ich hab nicht daran gedacht, dass ich dir damit Schaden zufügen könnte ...«, murmelte Nils und versuchte, aus Mos undurchdringlicher Miene schlau zu werden. Oh Mann, der war ganz schön sauer! Nils senkte schuldbewusst den Blick. Das fing ja gut an!

»Mir schaden?« Mo presste die Lippen zu einem Strich.

Nils schluckte. Okay, er hatte sich darauf vorbereitet. Er wusste, es würde hart werden. Er hatte sich diese Aussprache schon oft im Geiste ausgemalt und Mo war jedes Mal völlig ausgetickt – aber am Ende ... am Ende hatten sie immer ...

»Ich dachte, ich sehe dich ohnehin nie wieder«, begann sich Nils zu verteidigen.

»Und deswegen willst du dich umbringen?«, herrschte Mo ihn an.

Nils erschreckte und starrte den rotblonden Hünen mit großen Augen an. Hatte er richtig verstanden?

»Du solltest weniger denken«, schnaubte Mo und setzte sich kopfschüttelnd aufs Bett.

»Ich dachte ...«

»Siehst du? Schon wieder! Ich dachte, dachte, dachte ...«, rief Mo und musterte Nils eingehend von Kopf bis Fuß.

Nils fühlte sich immer kleiner werden, kleiner und kleiner. Er hatte sich darauf vorbereitet, über die Sache mit Ian Yery zu reden – nicht *darüber*. Er verspürte den Drang, wegzulaufen.

»Komm her«, brummte Mo auf einmal ganz sanft und streckte ihm einen Arm entgegen.

Nils konnte nicht widerstehen, machte einen Schritt auf Mo zu und ergriff seine Hand. Mit einer ruhigen aber kräftigen Bewegung zog Mo ihn zu sich, schlang die Arme um Nils' Hüften und verbarg sein Gesicht an dessen Bauch. Wow. Das kam unerwartet! Mos heißer Atem glitt in Nils' Bauchnabel, zupfte begehrlich am Schwanz. Behutsam legte Nils die Hände auf Mos Kopf und strich zärtlich durch das feine, helle Haar.

»Ich war wegen dieser Sache mit Ian Yery stinksauer auf dich, ich bin es immer noch – werde es auch noch eine ganze Weile sein, aber ich wollte doch nicht, dass du dich umbringst, Mensch«, nuschelte Mo in Nils' Bauch.

Diese so sanft gesprochenen Worte trieben Nils Tränen in die Augen. Mo schob das T-Shirt hoch und drückte seine Lippen auf Nils' Bauch, küsste ihn immer wieder, weich und zärtlich, eine liebevolle Berührung ging in die nächste über. Warme Hände strichen über Nils' Rücken, heißer Atem kroch über die nackte Haut. Wenn Mo so weitermachte, würde Nils gleich seine Hosen einsauen. Er stöhnte auf. Warum tat Mo das hier, wenn er doch so sauer war?

Plötzlich packte Mo Nils mit beiden Händen an der Taille und schleuderte ihn energisch aufs Bett. Er kletterte mit einem geschmeidigen Schwung über ihn, blickte ihm tief in die Augen, fuhr ihm durchs nun so kurze Haar und lächelte.

»Steht dir gut«, schnurrte er, neigte sich zu Nils herunter und schnappte nach seinen Lippen.

Nils stöhnte überwältigt auf, da drang schon Mos Zunge in seinen Mund. Endlich wieder küssen! Nils' Herz klopfte wild. Er erwiderte den Kuss ungestüm und schlang die Arme gierig um Mo. Wow, er schmeckte so verdammt gut. Diese warme, feuchte Zunge, diese weichen, fordernden Lippen. An ihnen zu saugen und zu lecken, Mos Mund mit seinem zu massieren, es gab nichts Besseres. *Fast* nichts Besseres. Mo ließ sich schwer auf Nils sinken, drückte ihn mit seinem Gewicht tief in die Matratze, ließ ihn spüren wie erregt er war und brummte wohlig.

Mo versuchte, sich von Nils' Lippen loszureißen, und brauchte dafür mehrere Anläufe, da Nils immer wieder nach ihm schnappte und in die nächste wilde Knutscherei verwickelte.

»Warte ... sachte ... Nils ...«, nuschelte Mo in den Kuss und nur widerwillig gab Nils ihn frei. Erwartungsvoll blickte er zu Mo auf und spürte deutlich dessen Erektion an seiner. Mo lächelte ihn an, sein leuchtender Blick tanzte zwischen Augen und Lippen hin und her und seine Finger strichen zärtlich über Nils' Schläfen, spielten mit seinem Haar.

»Bevor wir das vertiefen ...«, begann Mo leise, »... musst du mir versprechen, dass du mit mir sprichst, bevor du wieder so einen Unsinn planst. Und wenn du mit mir nicht reden kannst, dann tu es mit irgendjemand anderem. Und wenn du nicht reden kannst, dann schreib mir einen Brief, oder jemand anderem – aber bitte ...«, Mo schluckte und seine Augen begannen zu glänzen, »... geh nicht auf diese Art!« Eine Träne stürzte über seine Wimpern, landete auf Nils' Wange. »Scheiße«, schniefte Mo, wischte sich über die Augen und murmelte: »Jetzt heul ich auch noch, verdammte Scheiße.«

»Ich versprechs!«, flüsterte Nils und aus seinen Augenwinkeln liefen Tränen, kullerten die Schläfen entlang und kitzelten die Ohren.

Im nächsten Moment fiel Mo über seine Lippen her, eroberte seine Mundhöhle mit gieriger Zunge, küsste ihn, als wolle er ihn verschlingen.

Nils wurde ganz schwindelig davon.

Gierige Hände zerrten an Nils' T-Shirt, schoben es hoch und schon flog es in hohem Bogen durch den Raum. Mo küsste den Hals abwärts, seine Zunge umkreiste Nils' Nippel, er schloss seine Lippen darum und saugte eifrig daran. Doch er hielt sich diesmal nicht lange mit ihnen auf, drückte flinke, flüchtige Küsse auf den Bauch und nestelte hektisch an den Knöpfen der Jeans. Mo zerrte die Hosen – Ratsch – mit einem Ruck von Nils' Hüften, so ungestüm, dass er den ganzen Mann gleich mitnahm und übers halbe Bett schleifte.

»Sorry«, brummte Mo, packte Nils unter den Achseln und schob ihn wieder hoch. »Ich hab noch nie so lange auf einen Mann gewartet – das wird jetzt – etwas wild!«

Nils stöhnte auf. Diese verheißungsvollen Worte machten ihn scharf! Da stülpte Mo seinen Mund auch schon über Nils' Ständer und begann gierig an ihm zu lutschen. Mos Hände waren überall, packten ihn mal grob, dann sanft, streichelten, kneteten, kniffen ihn, hielten ihn fest, um ihn zu küssen, zu lecken, zu saugen. Nils bäumte sich auf, jaulte, presste seinen Kopf ins Kissen, und vergaß völlig, dass nebenan eine Party mit einer Menge Leute tobte. Als er sich an Mo festhielt, stellte er überrascht fest, dass dieser völlig nackt war. Wann hatte er sich ausgezogen?

Noch ehe er sich tiefere Gedanken darüber machen konnte, wurden seine Lippen eingefangen und mit einem ungestümen, gierigen Kuss verschlossen. Mo fiel über ihn her wie ein wildes Tier, schnaufte, grunzte, schmatzte, biss ihn sogar gelegentlich, wenn auch zärtlich. Er streckte einen Arm aus, langte zum Nachtkasten, riss die Schublade auf und fuchtelte wild darin herum. Plötzlich klemmte ein Kondom zwischen seinen Zähnen, und er kramte weiter geräuschvoll im Schrank herum, bis er endlich fand, wonach er gesucht hatte: eine Tube!

Nils riss panisch die Augen auf. Wollte Mo etwa ...? Instinktiv kniff Nils den Arsch zusammen und fragte sich, wie er Mo beibringen sollte, dass er dafür noch nicht bereit war. Da zog ihm dieser mit geschickten Fingern das Kondom über, warf die Tube beiseite und versteckte beide Hände hinter seinem Rücken. Nein, er versteckte sie nicht, er ... In Nils' Kopf polterte alles wild durcheinander.

Mo fackelte nicht lange, kletterte über Nils, packte seinen Ständer und setzte sich auf ihn. Dabei schob er sich den Schwanz tief hinein. Nils hielt die Luft an und starrte überwältigt an sich runter. Seine Erektion wurde fest und warm umschlossen. Sie war ... in Mos Arsch! Er versuchte zu begreifen, dass er Mo gerade fickte. Oder wohl eher umgekehrt. Mo warf den Kopf in den Nacken und ächzte auf. War es etwa ... schmerzhaft? Wohl eher nicht, denn Mo setzte sich in Bewegung und begann sich den Schwanz nun rhythmisch reinzurammen. Plötzlich hielt er inne und legte eine Hand warm auf Nils' Brustkorb.

»Atmen!«

Oh, ja, richtig! Nils sah schon Sternchen! Er verdrehte die Augen, holte tief Luft und fing seine Ohnmacht gerade noch ab. Nachdem sich Mo vergewissert hatte, dass Nils noch bei Bewusstsein war, legte er wieder los und ritt auf ihm, als ginge es um sein Leben. Er schwitzte, ächzte, schnappte Nils' Hände und legte sie sich auf den Hintern. Allmählich bekam Nils die Fassung zurück – soweit das unter diesen Umständen möglich war – und knetete Mos Pobacken. Dabei wagte er, ganz verrucht, einen vorsichtigen Stoß. Mo grinste.

»Ja, weiter!«, keuchte er. Nils ließ sich das nicht zweimal sagen. Er trieb sich in Mo hinein und dieser drängte sich ihm entgegen. Sie fanden einen gemeinsamen Rhythmus, stöhnten und schwitzten und bewegten sich immer schneller dem Höhepunkt entgegen ...

Die Musik der Party wurde plötzlich lauter, da die Tür aufgerissen wurde.

»Mo du hast versprochen ...« Judith.

»Raus!«, herrschte Mo sie an und bäumte sich im nächsten Moment zuckend auf. Die Tür wurde zugeschlagen und Nils war ernüchtert, starrte zu Mo hoch, der offenbar gerade einen ziemlich geilen Orgasmus hatte. Ihn selbst hatte diese Störung völlig aus dem Konzept gebracht. Mit einem erlösten, zufriedenen Ächzen schob sich Mo von ihm runter, zupfte das Kondom von Nils' Schwanz und beäugte es überrascht.

»Ich kann nicht, wenn Judith mir dabei zusieht«, erklärte Nils kläglich.

Mo lachte. »Musst du ja auch nicht, mein Schatz.« Er ließ das Gummi auf den Boden fallen, legte seine große, warme Hand auf Nils' Härte und mit wenigen gekonnten Bewegungen hatte er ihn so weit. Mo fing Nils' Schrei mit seinem Mund auf, schlang Beine und Arme um ihn und drückte sich ganz fest an ihn ran. Zärtlich hauchte er ihm viele kleine flinke Küsse auf Hals, Schlüsselbein, Ohr, Wange und Schläfe. »Tut mir leid«, flüsterte er zwischen den Küssen. »Beim nächsten Mal wirds romantischer.«

»Also ... das war doch in Ordnung ... ich meine ... das war ziemlich geil«, meinte Nils.

Mo schmunzelte und fing Nils' Mund für einen innigen Kuss.

Nachdem sie eine ganze Weile dagelegen und geschmust hatten, setzte sich Mo auf. »So, und nun hätte ich Lust auf einen Cocktail und eine Armada an Canapés.« Er schwang sich aus dem Bett und fischte nach dem Slip.

Nils blickte ihn gehetzt an. »Du willst jetzt da raus gehen?«

»Jap. Ich hab Hunger, ich hab Durst, mir ist nach Feiern, ich will mit dir tanzen ...«

»Aber ...« Nils bekam Panik. »Die wissen doch jetzt alle, dass wir ...«

»... gefickt haben?«, fragte Mo.

Nils nickte.

»Und das ist ein Problem, weeeeil?«

»Naja sie ... sie ...«, stammelte Nils und suchte nach einem guten Grund, der sich nicht finden lassen wollte.

»Okay.« Mo, neigte sich zu Nils, hauchte ihm einen Kuss auf den Mund und sagte: »Weißt du was? Wenn dir ein guter, ein wirklich *überzeugender* Grund einfällt, dann sagst du ihn mir und wie verbarrikadieren uns hier. Aber bis dahin essen und trinken wir etwas und tanzen ein wenig.«

»Aber ich ...«

»Wovor hast du denn Angst? Dass sie neidisch sind?«

»Neidisch?«

»Oh, glaub mir, jeder Einzelne da draußen hätte statt einer kitschigen Blumenkette aus Kunstfaser lieber einen Orgasmus gekriegt«, erklärte Mo. »Das Schlimmste, was dir passierten wird, ist, dass sie dich wissend angrinsen, weil sie sich nämlich erinnern können, dass Sex Spaß macht.«

Nils grinste. »Allerdings.«

# 17| Rache

### ... GRÖSSER ...

»Also, Nils, lass mal sehen«, sagte Mo, schob einen Stuhl heran und setzte sich neben seinen Freund an den Computer.

»Jetzt?«, fragte Nils und blickte Mo aufgeregt an.

»Natürlich jetzt. Du hast doch gesagt, dass es fertig ist, oder?«

Nils' Wangen färbten sich rosa, während er das Programm startete. Mo nutzte die kleine Wartezeit, neigte sich zu Nils und knabberte an seinem Hals. Das zeigte sofort Wirkung. Vielleicht könnten sie lieber zu Sex übergehen, statt ...

Da wandte sich Mo auch schon von ihm ab und dem Bildschirm zu. »Das ist aber noch nicht ganz fertig!«

»Doch«, sagte Nils leise und musterte seinen Freund verunsichert.

»Es stimmt nicht ganz«, behauptete Mo. »Kannst du da gleich Änderungen machen, so wie ich dir ansage?«

Nils rutschte unruhig auf dem Stuhl hin und her. »Aber was stimmt denn nicht?«

»Mach die Schultern breiter«, forderte Mo.

Nils glupschte ihn irritiert an. »Na los, komm schon. Es soll doch genauso aussehen wie du. Die Schultern sind zu schmal.«

Nils wollte protestieren – er war der Ansicht, treffender hätte er sich selbst kaum nachmodellieren können, doch dann folgte er den Angaben und klickte herum.

»Besser.« Mo freut sich, als er das 3D-Modell wieder in der Komplettansicht sah. »Und nun zum Hintern. Knackiger!«

»Aber ich ...«

»Siehst *du* täglich deine Rückseite oder ich?«, fragte Mo, und als Nils scheu lächelte, wiederholte er: »Also los, du musst da diese leichten Grübchen reinmachen ... hier, und hier ... perfekt!«

Nils war sich nicht sicher, ob er wirklich so einen Po hatte, so ... wohlgeformt. Aber was der Kunde forderte ...

»Und jetzt zur Hauptsache.« Mo schaute Nils lange und eindringlich ins Gesicht. »Das ist nicht dein ernst, oder?« Bei diesen Worten tippte Mo auf den Bildschirm.

Nils hasste es, wenn jemand das tat. Er musste gegen den Impuls ankämpfen, den Fleck, den der Finger auf der Oberfläche hinterlassen hatte, sofort mit einem Mikrofasertuch wegzuwischen.

»Was meinst du?«, fragte Nils und glotzte auf den störenden Fleck.

»Nils ... ich glaub, du bist der einzige Mann, der auf die Idee kommt, sich einen kleineren Schwanz zu verpassen, als er in Wahrheit hat.«

»Das ist nicht wahr!«

»Zoom mal ran – da muss so einiges geändert werden.«

»Ich weiß doch, wie mein Penis aussieht!«, protestierte Nils, griff hastig nach dem Tuch und reinigte den Bildschirm.

»Offenbar nicht«, behauptete Mo. »Und jetzt zoom endlich ran – bring ihn richtig schön groß ins Bild.« Sein Blick war etwas zu begeistert auf den Bildschirm geheftet, befand Nils, leistete aber Folge und zoomte an den virtuellen Schwanz ran, bis er den ganzen Bildschirm füllte.

»Dicker und länger«, befahl Mo, und als Nils nichts tat, drehte er sich zu ihm herum. »Was ist? Ich wollte ein originalgetreues Modell von dir – also mach jetzt.«

Nils' Wangen begannen zu glühen. Mo grinste. Verdammt! Nils wollte nicht rot werden, es war ihm ja nicht peinlich, an einem Penis herumzumodellieren – auch wenn es ein Abbild seines eigenen war. Er war nur nicht der Auffassung, dass er so aussehen sollte, wie Mo behauptete. Nils wusste, dass er nicht hässlich war und er brauchte sich auch über sein bestes Stück nicht zu beschweren. Okay, vielleicht neigte er ein bisschen zum Tiefstapeln und vielleicht hatte er sich geschämt, sein Geschlecht etwas größer darzustellen.

»Na gut, Nils, wann hast du deinen Schwanz je aus der Perspektive gesehen, wie hier auf dem Bildschirm?«

»Ich hab einen Spiegel ...«, setzte Nils zu einer Erklärung an.

»Nein, nicht im Spiegel, sondern so ... Auge in Auge quasi?« Mo zeigte dabei erst mit den Fingern auf seine Augen, dann zwischen Nils' Beine.

»Okay, ich mach ja schon«, maulte Nils. Er musste etwa eine halbe Stunde lang herumklicken, bis der virtuelle Doppelgänger so bestückt war, dass sich sein Freund zufriedengab.

Mo ließ sich das Modell aus allen Richtungen zeigen. »Sieht doch klasse aus, jetzt.« Zufrieden lehnte er sich zurück und verschränkte die Hände hinterm Kopf. »Und jetzt zur Pose.«

»Pose?«, fragte Nils.

Mos leuchtender Blick verhieß nichts Gutes.

»Wir haben abgemacht, dass du von dir ebenfalls eine Wichsvorlage anfertigst – und das hier ...«, Mo fuchtelte vor dem Monitor herum, »... ist keine anregende Pose. Sieht eher aus wie bei der Schultergymnastik für Osteoporose-Patienten.«

In der nächsten Stunde war Nils damit beschäftigt, die virtuellen Körperteile seines Abbilds in alle Richtungen zu verrenken und dabei mit Mo darüber zu diskutieren, was keine natürliche Körperhaltung war. Am Ende hatte er eine äußerst anzügliche Pose auf dem Bildschirm. Nils installierte noch ein paar virtuelle Lampen, schraubte an der Kameraperspektive und fragte: »Bist du dir sicher, dass du das so willst?«

Mo grinste bis über beide Ohren. »Jap!«

»Wenn ich jetzt auf *rendern* klicke, ist der Rechner einige Stunden beschäftigt«, erklärte Nils und ließ den Finger über der Taste kreisen. Er mochte gar nicht recht auf den Bildschirm sehen. Es war eine Sache, Mo als Modell vor sich zu haben – oh, da hatte er noch stundenlang mit Posen spielen können. Aber sich selbst als ... Pin-up, das war seltsam. Er kam sich lächerlich vor und konnte nicht begreifen, was Mo daran so toll fand. Immerhin bekam er nun eine ungefähre Ahnung davon, wie sich Mo gefühlt haben musste, als er Ian Yery entdeckt hatte.

»Ja, los!«, forderte Mo. »Mach es so hochauflösend, wie möglich. Und dann brenn das Bild für mich auf CD.«

Nils drückte die Taste und die Render-Engine begann ihre Arbeit.

»Übrigens«, stieß Mo hervor, sprang so spontan hoch, dass Nils erschrak und tappte aus dem Arbeitszimmer. Eine halbe Minute später kam er mit einigen Zetteln in der Hand wieder. »Ich hab Angebote eingeholt. Ob wir vierundzwanzig Sechzehn-Bogen-Plakate machen oder sechzehn Vierundzwanzig-Bogen-Plakate ist vom Preis her fast dasselbe. Jetzt müssen wir uns entscheiden. Entweder häufiger und kleiner oder seltener aber protziger.« Mo drückte Nils die Papiere in die Hand.

Er wollte das Bild ... plotten lassen und überall in der Stadt plakatieren? Nils schluckte schwer, japste nach Luft und wisperte: »Plakate?«

»Klar, das haben wir doch besprochen!«

Nils grübelte nach. Okay, sie hatten ausgiebig über diese Sache mit Ian Yery diskutiert und am Ende waren sie zur Übereinkunft gelangt, dass es nur fair wäre, wenn Nils für Mo ein virtuelles Modell von sich selbst anfertigte. Aber wann hatten sie besprochen, dass davon Plakate gedruckt werden sollten? Panik breitete sich aus. Andererseits – auch das war doch nur fair, oder? Immerhin musste Mo damit klarkommen, dass sein Gesicht Millionen Mal auf der ganzen Welt als Kriegsheld gefeiert wurde – mal abgesehen von den Aktbildern, die Nils im Internet verbreitet hatte. Allerdings waren das nicht so ... so pornografische Bilder gewesen, sondern anspruchsvolle ... künstlerische. Aber wollte Nils jetzt darüber diskutieren? Wenn damit die Sache für immer aus der Welt geschafft war ...

»Wie lange hängen die denn dann?«, fragte Nils leise.

»Vierzehn Tage«, erklärte Mo geschäftig, »Also, was meinst du? Häufiger oder größer?«

»Vierzehn Tage?«

»Ja, ich hätte auch einen ganzen Monat bevorzugt, aber das wird zu teuer.«

Nils schielte auf den Preis des Angebots. Wow! Mo ließ sich die Racheaktion aber einiges kosten! Vierzehn Tage! So lange würde sein Nacktbild überall in der Stadt hängen? Nicht, dass es für Nils eine besondere Herausforderung gewesen wäre, aber er plante bereits in Gedanken, in dieser Zeit nicht das Haus zu verlassen. Er würde Vorräte für einen Monat anlegen. Oder besser zwei? Hauptsache er konnte damit bei Mo alles gut machen. Wie hatte der Psychiater gesagt? Die Suppe muss man schon selbst auslöffeln. Na denn!

»Nimm die Kleineren«, schlug Nils vor.

»Wenn du das sagst? Du bist der Experte in diesen Dingen.« Mo beugte sich vor, zog Nils zu sich heran und küsste ihn innig. Nach einigen Minuten lösten sie sich schnaufend voneinander.

»Wollen wir im Schlafzimmer weitermachen?«, raunte Mo.

Nils sprang sofort hoch. Auf dem Weg rissen sie sich die Kleider vom Leib, drängten einander an die eine oder andere Wand, stießen gegen ein Bild, das zu Boden fiel und zerbrach. Egal – es war nicht das erste seit sie zusammen waren.

Als sie gemeinsam aufs Bett fielen, waren sie bereits nackt. Sie küssten sich, wälzten sich hin und her, rieben ihre Körper aneinander, streichelten und kneteten einander überall, kosteten die Haut ihres Liebsten. Mo legte sich so hin, dass er Nils' Schwanz in den Mund nehmen und zugleich seinen anbieten konnte. Wow. Bisher hatte Nils von dieser Stellung nur gehört, oder gelesen, okay, und er hatte sie sich in Pornos angesehen – aber wie immer – es war in der realen Umsetzung ganz anders, als er es sich vorgestellt hatte. Anstrengender! Sich den geilen Liebkosungen hinzugeben und sich zugleich herzhaft um Mos Schwanz zu kümmern verlangte einige Konzentration. Bald konnte er nur noch eins von beiden und in der Natur der Sache lag, dass er völlig weggetreten auf den Rücken fiel, sich wand und wimmerte und seinen Freund an sich lutschen ließ. Was Mo mit seiner Zunge machte, raubte ihm jedes Mal den Verstand. Ebenso, dass Mo heftig weitersaugte, während er kam, als wolle er jeden Tropfen aus ihm rausholen.

»Ist es normal, dass es mit jedem Mal besser wird?«, fragte Nils, als er wieder Kontrolle über sein Sprachzentrum erlangt hatte.

Mo schmunzelte und spielte mit Nils' Haar. »Wird es das?«

Nils himmelte ihn mit glänzenden Augen an. »Ja.«

»Das liegt wahrscheinlich daran, dass du immer besser entspannst.«

»Das stimmt!« Nils blickte an Mo runter und entdeckte die noch pralle Erektion. »Jetzt hol ich mir die Anerkennung«, raunte er, warf Mo auf den Rücken und fiel über sein bestes Stück her. Er lernte noch und wollte es genauso gut machen wie Mo, ihm mindestens dasselbe Vergnügen bereiten. Dabei ließ er sich davon lenken, wie Mo auf Berührungen reagierte. Flippte dieser fast aus, wiederholte er sie, bis sein Freund zu flehen, winseln und jaulen anfing. Als Mo kam, schluckte Nils die sämige Lust und saugte weiter, bis der Orgasmus vorüber war. Nils liebte Mos Aroma. Jeden Tag schmeckte er anders – manchmal sogar im Laufe eines Tages ...

»Boah, also du wirst auch immer besser«, keuchte Mo, nachdem er sich gefangen hatte. Er zog Nils zu sich hoch, schlang die Arme um ihn, drückte ihn fest an sich und brummte wohlig.

# 18| Plakatiert

### ... SUPPE ...

»Zu Hause, wer no-hoch!«, ulkte Mo, als er von der Arbeit heimkam. Mo hielt sich mittlerweile hauptsächlich in Nils' Wohnung auf und hatte schon fast alle seine Sachen hier, obwohl sie noch nicht offiziell zusammenlebten. Er stürmte gutgelaunt ins Arbeitszimmer, wo Nils an einem Auftrag für eine Spielefirma saß. Die Agentur hatte sich dazu entschieden, Nils nach seiner Einweisung zu kündigen. Einige Wochen später hatte sich eine Firma bei ihm gemeldet, um ihn für ein neues Projekt zu engagieren. Diesmal – Mo hatte ihn dabei nach Leibeskräften gecoacht – hatte er gute Bedingungen ausgehandelt. Er hatte also seinen ersten, richtigen, offiziellen Auftrag und es waren in der Zwischenzeit sogar noch weitere Anfragen hinzugekommen.

Mo machte sich ein bisschen Sorgen, da die Arbeit von zuhause aus Nils ermöglichte, sich vollends in den eigenen vier Wänden zu verkriechen. Aber Nils war selig, denn er konnte nun endlich beruflich das machen, was er schon immer wollte. Immerhin hatte er sich in Mos Kletterverein einschreiben lassen und kraxelte jetzt mindestens einmal pro Woche in der Halle herum. Außerdem hatte Mo ihn zu einem Karatekurs überredet, und mindestens einmal im Monat musste er mit ihm richtig ausgehen. Mo lag einiges daran, dass Nils unter Leute kam und irgendwie

... gefiel Nils das auch. Er knüpfte erste zaghafte Kontakte zu Vereinskollegen und den Leuten im Kurs.

»Sie hängen!«, rief Mo aufgeregt, legte seine Hände um Nils' Wangen und küsste ihn sanft. Dabei ließ er flink die Zunge über Nils' Lippen rutschen und eroberte seinen Mundraum. Nils hatte keine Ahnung, wovon Mo sprach, aber es musste etwas Tolles sein, so euphorisch, wie er wirkte.

»Wer hängt?«, keuchte Nils, als Mo seinen Mund freigab, und wunderte sich, dass ein Pazifist solche Begeisterung für Galgen aufbringen konnte. Flink überschlug er die Tagesnachrichten, die er jeden Morgen im Internet abrief. Von drohenden Hinrichtungen war nichts berichtet worden.

»Na, die Plakate! Ich hab schon drei davon gesehen!«, erklärte Mo begeistert.

Nils wurde prompt übel. Es war wie ein Faustschlag in die Magengrube. Er rang um Fassung. »Oh ... schön!« Verzweifelt klammerte sich am Tisch fest.

»Eines hängt mitten am Rathausplatz! Ist das nicht großartig? Besser kann man es gar nicht erwischen!«, sprudelte es aus Mo heraus. Er hielt inne und bedachte Nils mit einem langen, intensiven Blick: »Zieh dich an, zur Feier des Tags führ ich dich zum Essen aus!« Ehe Mo aus dem Zimmer hopste, neigte er sich noch einmal zu Nils herunter und verwickelte ihn in einen Kuss, bis ihnen beiden die Hosen spannten. Mo löste sich keuchend und seine Augen waren ganz glasig vor Erregung.

Nils freute sich auf heißen Sex und fuhr mit der Hand über die Innenseite von Mos Schenkel, da fing dieser ihn ab und raunte:

»Zieh das rote Sakko an, in dem siehst du so heiß aus!«

»Bordeaux!«, verbesserte Nils seinen Freund und schnaufte enttäuscht.

»Okay, *bordeaux!* Wie auch immer – Hauptsache du ziehst es an!«

Auf was hatte sich Nils da eingelassen! Sein Plan hatte doch vorgesehen, sich zu verstecken und jetzt wollte Mo ihn ausführen? Zur Feier des Tages? Das war die Hölle.

»Mir ist nicht gut, vielleicht können wir das verschieben!«, bat Nils, *auf nächsten Monat, oder besser übernächsten.*

»Was hast du denn?«, fragte Mo besorgt.

»Der Magen«, log Nils – wobei, so gelogen war das gar nicht.

»Hast du heute schon etwas gegessen?« Mo ging vor Nils in die Hocke, um ihm besser ins Gesicht sehen zu können, und streichelte ihm zärtlich über die Wange.

Nils kam sich schäbig vor. Mo war so gut gelaunt und nun wollte er ihm die Stimmung vermiesen?

»Nein«, gab er zu. Er vergaß oft zu essen, wenn er konzentriert arbeitete.

»Dann ist es Hunger!«, diagnostizierte Mo. »Wir gehen chinesisch Essen, so wie bei unserem ersten Date, einverstanden? Und wenn du willst, füttere ich dich.« Sie grinsten sich an. Mo hatte Nils davon erzählt, wie er versucht hatte, ihn auf diese Weise zu verführen und Nils so ahnungslos geblieben war.

Nils nickte. »Okay.«

»Fein.« Mo stand auf und lief ins Schlafzimmer, um sich umzuziehen.

Verdammt! Nils hatte gewusst, dass eines Tages die Plakate hängen würden. Dennoch hatte er gehofft, irgendetwas würde diese Demütigung verhindern. Okay, er hatte es verdient – da musste er jetzt durch!

»Die Suppe auslöffeln, die Suppe auslöffeln, die Suppe auslöffeln«, murmelte er vor sich hin, um sich Mut zu machen.

»Mmh, ja auf Glasnudelsuppe hätte ich Lust«, sagte Mo und rieb sich den Bauch.

Langsam, als könne er damit die Zeit zum Stillstand bringen, schlüpfte Nils in Jeans und T-Shirt, während Mo ständig aufgeregt durch die Wohnung flitzte. Es würde vorbeigehen. Vielleicht erkannte ihn ja niemand. Immerhin lief er ja nicht nackt durch die Gegend. Er könnte sich die Haare färben, einen Vollbart wachsen lassen, eine Brille aufsetzen ...

»Fertig?«, fragte Mo euphorisch, als Nils endlich schwerfällig in der Küche stand. Er war völlig runter mit den Nerven. Wie viele Stunden die Plakate wohl schon hingen? Wie viele Menschen sie bereits gesehen hatten? Oh Gott, die ehemaligen Arbeitskollegen, die Leute aus dem Karatekurs, aus dem Kletterverein, der Klinik, Jana, Judith, Stefan ...

»Du bist blass«, stellte Mo fest. Er legte einen Finger unter Nils' Kinn und zwang ihn, zu ihm hochzusehen. »Du machst zu wenig Pausen, mein Schatz. Du wirkst völlig überarbeitet.«

»Mhm«, machte Nils und es klang ein bisschen wie das Maunzen eines neugeborenen Kätzchens.

»Wir machen uns jetzt einen richtig schönen Abend. Erst essen wir etwas Gutes, dann machen wir einen kleinen Spaziergang und danach vögeln wir uns das Hirn raus. Was sagst du dazu?« Mo schlang die Arme um Nils, ließ die Hände unters Sakko wandern und knetete seinen Hintern. Er fing Nils' Mund ein, küsste ihn erst sanft, dann immer wilder.

»Mmmhhh, am liebsten würde ich dich gleich vernaschen«, raunte Mo und knabberte an Nils' Ohrläppchen.

»Okay!«, sagte Nils rasch und hatte auch schon sein Sakko auf den Küchenboden geworfen.

Mo lachte auf. »Oh nein, zuerst wird gegessen – sonst wirst du mir noch ohnmächtig!« Mo hob das Sakko auf und half Nils hinein.

Verdammt.

Je näher sie dem Rathausplatz kamen, umso langsamer wurde Nils. Er musterte heimlich die Gesichter der Leute, die ihnen entgegenkamen. Erkannten sie ihn? Mos Schritte wurden immer hurtiger und Nils ließ sich nur widerwillig mitschleifen. Als sie um die Ecke bogen, krallte er sich in die Hand seines Freundes.

»Tadaaa!«, rief Mo triumphierend. Klopfenden Herzens und mit Gummiknien sah sich Nils um. Wo hing das Plakat?

»Und, wie findest du es?«, fragte Mo begeistert.

»Wo ... ich ... sehe es nicht!«, murmelte Nils und drehte sich im Kreis. Sein Blick jagte panisch über Häuserfronten und Litfaßsäulen.

»Oh Mann, Nils, du bist wirklich überarbeitet!« Mo streckte die Hand aus und zeigte auf eine Stelle vor ihnen. »Da ist es doch! Direkt vor uns!«

Nils folgte dem Blick seines Freundes. »Das ist ein Werbeplakat des Klettervereins«, stellte Nils verblüfft fest.

»Es sieht toll aus – und der Platz hier ... Da kommen viele Leute vorbei!«, freute sich Mo.

Himmel! Es war die ganze Zeit um die Werbekampagne für den Verein gegangen?

## ... EHRENSACHE ...

»Wuhaaaaaaa!«, schrie Nils unerwartet, taumelte auf das Plakat zu, breitete die Arme aus und warf sich dagegen. Was tat er da? Küsste er es etwa?

Mo wurde nervös. Vielleicht hatte sein Freund wieder einen Nervenzusammenbruch. Unsicher trat er an ihn heran, legte ihm vorsichtig eine Hand auf die Schulter und fragte leise: »Nils ... ist alles in Ordnung?«

Nils löste sich von dem Druckwerk und strahlte ihn an. Keine Spur mehr von Blässe, Müdigkeit und Abgeschlagenheit.

»Jaaaa!«, rief er mit glänzenden Augen und warf sich Mo an die Brust, umklammerte ihn und rief immer wieder verzückt: »Jaaa, jaaa, jaaa.«

Okay, Mo hatte sich zwar auch gefreut, er war sogar ziemlich euphorisch gewesen – aber im Vergleich zu Nils' Freudentaumel über die Plakataktion war das ein Mückenfurz im Altenheim. Vorsichtig, als hielte er eine scharfe Bombe, streichelte Mo über Nils' Rücken.

»Ja, es ist ein sehr gelungenes Plakat, nicht wahr?«, sagte er beruhigend.

»Es ist nur die Kampagne für den Verein«, brabbelte Nils erleichtert und löste sich mit einem Seufzen aus der Umarmung.

»Nur?«

»Oh, ich Vollidiot!« Nils fuhr sich durchs Haar und trat aufgeregt von einem aufs andere Bein, »Es ist nur diese Scheiß-Kampagne! Aaahhh!«

»Scheiß *was?*« Das ergab einfach keinen Sinn. Nils flippte vor Freude über das Plakat völlig aus und brabbelte dabei etwas von *nur* und *Scheiß-Kampagne?* »Was sollte es denn *sonst* sein?«, fragte Mo und musterte seinen völlig außer Rand und Band geratenen Freund. Es war ja nicht so, dass ihm dieser Ausbruch an Lebensenergie nicht gefiel – aber er kam etwas unerwartet. Wenn er wegen dieses Plakats schon so ausflippte, wie würde er dann reagieren, wenn …

»Ich dachte, da würde mein Foto hängen!«, erklärte Nils und lachte über sich selbst.

»Welches Foto?«

Nils funkelte Mo so verstörend dankbar an, dass ihm ganz anders wurde. Wovon redete Nils da? Mo besaß doch gar kein Foto von ihm – was übrigens eine Schande war, das musste er unbedingt ändern. Das hieß … er hatte *fast* kein Foto von ihm und streng genommen war es auch kein Foto von *Nils*. Da fiel der Groschen.

»Hast du etwa gedacht …?« Mo konnte gar nicht fassen, dass Nils so etwas wirklich geglaubt haben konnte. »Sag mal Nils, hast du etwa gedacht, ich hänge überall Plakate von der Wichsvorlage auf, die du mir gemacht hast?«

Nils musste nichts sagen, sein Blick sprach Bände.

»Wie kommst du auf die verrückte Idee, dass ich so etwas tun könnte?«, fragte Mo. Er wusste nicht, ob er über diese Unterstellung sauer sein sollte oder sich darüber freuen, dass Nils ihn deswegen nicht zum Teufel gejagt hatte.

»Ich dachte, das ist die Revanche für Ian Yery«, erklärte Nils und in diesem Moment passierte, was immer passierte, wenn sie unterwegs waren.

»Hey, ja genau – Ian Yery – daher kommst du mir bekannt vor!«, rief ein junger Mann, der eben an ihnen vorbeigekommen war, bremste ab, zückte sein Handy und fragte: »Kann ich ein Foto von dir und mir machen? Das glauben mir meine Freunde sonst nie!«

Nils wurde ernst, die eben noch helle Freude flutschte mit einem Mal aus ihm heraus. Mo war bereits aufgefallen, dass seinen Freund solche Vorfälle mehr störten, als ihn selbst. Jedes Mal war er danach stundenlang einsilbig und suhlte sich in Schuldgefühlen. Das durfte nicht sein, nicht heute, wo er ... Mo kramte sein Handy aus der Hosentasche.

»Nur, wenn du ein Bild von mir und meinem Freund machst.«

Der Kerl salutierte, als er das hörte. »Ehrensache, Sergeant!«

»Nils, möchtest du ein Foto von uns beiden machen?«, fragte Mo und der Typ reichte ihm sofort das Handy. Sehr vertrauensselig. Mo bugsierte seinen Fan bis vors Plakat und zwinkerte Nils aufmunternd zu.

Klick-Klick, fertig!

»Danke, Mann.« Der Kerl nahm das Telefon wieder an sich und klickte darauf herum, um das Ergebnis zu prüfen.

Nils zog den Kopf ein und warf Mo einen verunsicherten Blick zu.

»Wow, geil!« Der Fan platzte fast vor Stolz.

Mo schaute ihm über die Schulter und begutachtete Nils' Werk. Es zeigte in erster Linie das Plakat und in der rechten unteren Ecke ihre beiden Köpfe. Okay ... wenn der Fan das schluckte, sollte es Mo recht sein. Er blickte zu Nils, der verlegen grinste. Mo schmunzelte. So ein Schlingel!

»So, und jetzt ihr beide!«, erinnerte sich der Kerl an den Deal und Mo reichte ihm sein Handy mit dem mulmigen Gefühl, es vielleicht nie wieder zu sehen.

»Komm her, mein Schatz!«, bat Mo und ergriff Nils' Hand.

Die Augenbrauen des Fans zuckten überrascht hoch.

Nils ließ sich gegen Mos Brust sinken und schlang die Arme um ihn.

»Wahrscheinlich kann man das Foto vergessen!«, flüsterte Mo.

»Ich hätte nicht gedacht, dass er es schluckt!«, wisperte Nils.

»Fertig!«, rief der Fan und streckte Mo das Gerät entgegen. Er bedankte sich noch einmal, und als er weitereilte, schüttelte er den Kopf und murmelte zu sich selbst: »Ian Yery ist schwul, wer hätte das gedacht.«

»Und?«, fragte Nils neugierig.

Mo traute seinen Augen nicht. »Der hat uns verarscht!«

Nils schaute dem Fan nach, der schleunigst das Weite suchte. »Das war zu erwarten, oder?«

»Nein, so meine ich das nicht – schau dir das mal an«, sagte Mo und drückte Nils das Telefon in die Hand.

»Wow!«

Der Fan hatte nicht nur ein Foto von ihnen gemacht, sondern eine ganze Serie. Und wie auch immer er das aus dem Handy herausgeholt hatte, die Bilder waren von guter Qualität. Das Beste aber war, wie er Nils und Mo getroffen hatte. Er hatte offenbar auf den Auslöser gedrückt, als sie sich über die Qualität der Fotos ausgelassen hatten – und die Art, wie sie einander anlächelten – wow.

»Jetzt tut mir fast leid, dass ich sein Foto so vermasselt hab!«, meinte Nils.

»Er wird es verkraften!« Mo lächelte in sich hinein. Das war perfekt. Es würde eine wunderbare Erinnerung an diesen Tag werden.

»Was ist denn?«, fragte Nils. »Warum lächelst du so?« Nils wirkte wegen dieses Vorfalls überraschenderweise gar nicht bedrückt! Mo neigte sich zu ihm runter und küsste ihn stürmisch. Nils stöhnte auf.

Mo zog sich zurück und legte einen Arm um die Schultern seines Freundes. »Hunger!«

## ... LITERWEISE ...

Seit dem Vorfall mit dem Fan war Mo streichelweich. Während des Essens sah er Nils immer wieder so verlangend, intensiv, liebevoll an, dass diesem das Blut in den Schritt schoss. Obwohl Mo eben noch behauptet hatte, hungrig zu sein, rührte er seinen Teller kaum an, vergnügte sich lieber damit, seinem Freund beim Essen zuzusehen. Wenn Nils ihn darauf ansprach, zuckte Mo zurück, als würde er aus einem Traum gerissen. Er fuhr dann mit den Stäbchen ein paar Mal wild auf dem Teller herum, zwang sich ein oder zwei Bissen runter und fiel dann wieder in diese Schwärmerpose. So euphorisch er daheim noch gewesen war – so einsilbig wurde er jetzt. Aber nicht auf negative Art – er wirkte vielmehr aufgeregt, nervös.

»Du bist schön«, murmelte Mo selbstvergessen. Als hätten ihn seine eigenen Worte geweckt, riss er sich von den sinnlichen Betrachtungen los und tastete nach dem Wasserglas, um es in einem Zug zu leeren. Wenige Minuten später wiederholte er diese Prozedur, nur dass er dabei ganz verklärt säuselte: »Du bist so unglaublich.« Auf diese Art stürzte er insgesamt zwei Liter Wasser runter.

Als sie auf dem Heimweg Hand in Hand am Springbrunnen vorbeischlenderten, bekam Mo auf einmal das nostalgische Seufzen. Er riss Nils an sich, drückten ihn so fest, als hätte er Angst ihn zu verlieren, hauchte ihm Küsse auf den Hals, den Kiefer, die Schläfen, bedeckte das ganze Gesicht damit. Kaum berührte er Nils' Lippen, drängte er ihm auch schon die Zunge in den Mund und raubte ihm mit diesem stürmischen Kuss fast den Verstand. Mit Erfolg. Nils wurde ganz wuschig davon. Wenn Mo sich weiterhin so verhielt, würde das eine berauschende, geile, wilde Nacht werden. Sie würde auf jeden Fall ganz besonders werden, denn Nils wurde klar, dass er diesen Mann in sich spüren wollte. Beim bloßen Gedanken daran, dass er sich Mo heute Nacht anbieten würde, stöhnte er erregt auf. Mo löste sich aus der Umarmung, nahm Nils' Hand, funkelte ihn an und ohne ein Wort – überhaupt war er so schweigsam wie nie – zog er seinen Freund weiter. Oh ja, schnell, schnell nach Hause, die Kleider vom Leibe reißen und ...

Nachdem sie einige Meter zurückgelegt hatten, blieb Mo abrupt stehen. Nils warf ihm einen irritierten Blick zu. Wow. Noch sanfter, noch weicher konnte Mo gar nicht mehr dreinschauen. Über Nils' Körper kribbelte Gänsehaut, sein Bauch kitzelte und die Knie wurden ihm weich.

Mo blickte, als wollte er Nils auf etwas hinweisen, durch die Nacht, den Himmel, die Häuser, die Straße, und sah ihm dann so intensiv in die Augen, als ... als könne er bis mitten in Nils' Herz hineinschauen. Hier hatten sie sich das erste Mal geküsst! *Deswegen* war Mo so seltsam drauf. Es war heute genau ein Jahr her, dass sie sich hier ... dass Nils seinen ersten Kuss erhalten hatte!

»Nils«, sagte Mo leise und japste Luft, als hätte er ein Shakespeare-Werk in einem Atemzug rezitiert. Er zog Nils zu sich, streichelte liebevoll seine Wange, das Kinn, neigte sich zu ihm herunter und küsste ihn zahm. Er ging so zärtlich und sanft vor, als hielte er Nils für eine Seifenblase, die sich jederzeit in nichts auflösen könnte, wenn er nicht genug achtgab. Behutsam wurde Mo fordernder, kostet diese zarten Berührungen aus, ließ sich Zeit, genoss. Er tastete nach Nils' Hand, und als dieser nach ihr greifen wollte, schob Mo langsam etwas auf den Ringfinger.

Nils' Herz setzte für einen Schlag aus, hämmerte dann umso heftiger los. Das war ... hatte ihm Mo etwa einen Ring auf den Finger gesteckt? Nils wankte, rang um Luft. Er wollte sich dessen vergewissern, nachsehen, ... aber Mo hielt seine Hand fest, umschloss sie weich und warm, knetete sie nervös.

»Nils ich ...«, begann er, dann kam ein seltsamer Laut aus seiner Kehle, ein groteskes *Huuups*, als hätte seine Lunge die Töne einfach geraubt, anstatt sie hinaus in die Welt zu lassen. Nils hörte sein eigenes Blut in den Ohren rauschen und begann zu zittern. Ein Ring! Was hatte das zu bedeuten? Mo drückte die Lippen gegen Nils' Schläfe und suchte nach den richtigen Worten. »Scheiße!«, fluchte er schließlich erstickt. Er löste sich von Nils, keuchte auf und wischte sich etwas aus dem Gesicht. Schniefend und kichernd zugleich nuschelte er: »Ich wollte nicht heulen.« Mo blinzelte zum Himmel, um seine Augen trocknen zu lassen, holte einige Male tief Luft. Dabei zerquetschte er fast die beringte Hand seines Freundes.

Nils wollte etwas sagen, doch Mo hinderte ihn daran, indem er ihm einen Finger sanft auf die Lippen drückte.

»Sag jetzt nichts«, bat er, seufzte tief und funkelte Nils mit einem nervösen Lächeln an. »Ich liebe dich«, sprudelte es endlich aus ihm heraus. Sein feuchter Blick zuckte wieder gen Himmel und er schniefte.

Wow. Nils' Mund wurde staubtrocken. Nie hätte er erwartet, dass jemals jemand diese drei Worte zu ihm sagen würde.

»Puh!«, keuchte Mo und biss sich auf die Lippen. Das war offensichtlich noch nicht alles gewesen. »Willst du mit mir zusammen sein? So richtig – als Paar?«

Nils starrte ihn verwundert an. Waren sie das denn nicht bereits? Die Frage flutete ihn mit einer wunderbaren, aufregenden Wärme.

Mo lächelte verunsichert, sein Blick tanzte über Nils' Gesicht und mit heiserer Stimme fügte er hinzu: »Offiziell!«

Offiziell? In Nils' Hirn hallte das Wort wider, wie das Echo in einer riesigen Halle. Was meinte Mo damit? Er ahnte wohl, was sein Freund damit gemeint haben könnte, aber es drang nicht bis zu ihm durch. Das konnte nicht sein! Nils musste etwas falsch verstanden haben! Mo hatte sicher etwas ganz anderes gemeint. Diese Dinge passierten in Büchern und Filmen, aber nicht im richtigen Leben! Das war ja völlig absurd! Andererseits – der Ring – Nils bekam Panik.

»Wie ... wie meinst du das?«

»Ich will, dass du mein Mann wirst«, krächzte Mo, räusperte sich, blinzelte und hielt den Atem an. Sein ... Mann? Nils konnte sich nicht vorstellen, dass Mo das wirklich so meinte. Er wagte es nicht einmal zu denken. Wie Mo ihn ansah! Mit Augen, in denen das Wasser stand und nervös bis zum Anschlag! Die Hand, auf der der Ring steckte, hielt er so fest, dass bereits die Knöchel knacksten. Es wies alles darauf hin, *dass* er es ernst meinte und doch: Das konnte nicht sein! Nils geriet in einen Konflikt. Er wollte das so gerne annehmen aber er wusste nicht, wie. Seine Gedanken konnten es einfach nicht anfassen. Er hasste sich dafür. Heiße Tränen perlten über seine Wimpern. »Ich weiß nicht, was du meinst«, schluchzte er.

Mos Kinnlade klappte runter. »Nils. Ich hab gefragt, ob du mein Mann sein willst. Was könnte ich damit schon gemeint haben?« Er wischte Nils zärtlich die Tränen aus dem Gesicht.

»Aber ... das ... geht doch gar nicht«, schniefte Nils.

»Mir ist egal, was geht und was nicht, das ist nur eine Frage der Zeit oder Geografie. Viel wichtiger ist, ob du willst.« Beim letzten Wort brach Mo die Stimme weg.

»Aber ... wieso *ich?*«, wollte Nils wissen.

Mo seufzte und verdrehte die Augen. »Ich hab Stefan gefragt, aber der wollte nicht, also hab ich mir gedacht, ich frag einfach mal dich. Nils, du verdammter Idiot, ich hab dir gesagt warum: weil ich dich liebe! Ich hab noch nie so viel für einen Mann empfunden wie für dich. Du bist der Richtige für mich. Ich will keinen anderen – und das nicht erst, seitdem wir zusammen sind. Mal abgesehen davon, dass du heiß bist, bist du ehrlich, anständig, ambitioniert, humorvoll, hilfsbereit, nett, kreativ, mutig, stark. Du spielst keine Spielchen und du lässt dich nicht verdrehen, auch wenn du dadurch Nachteile hast. Du bist sensibel, erotisch, wenn du mich ansiehst, fühle ich mich gesehen, ich meine ... richtig gesehen, das geht mir jedes Mal durch und durch. Und du hast nicht den blassesten Schimmer davon, wie toll du bist.« Mo strahlte, seine Stimme bebte und vermutlich sah er dabei alles verschwommen. Es war faszinierend, wie lange sich das Wasser in seinen Augen halten konnte, ohne über die Wimpern zu stürzen.

In Nils' Kopf wirbelte alles durcheinander. »Oh!« Seine Wangen glühten.

»Oh?«, fragte Mo.

»Ich meine ... Wow!«

»Ist das ein Ja oder ein Nein?«

»Das ist ...« Nils stockte.

Mo neigte sich ein bisschen runter, um ihm mit angehaltenem Atem in die Augen zu sehen.

»... ein Ja!«

Mit einem erleichterten Jauchzen schlang Mo die Arme um Nils und drückte ihn fest an sich, überfiel ihn mit einer Armada an Küssen, die er auf Stirn, Scheitel, Schläfen und Wangen verteilte. Endlich fand er Nils' Lippen, eroberte seinen Mund und verwickelte die Zunge in ein leidenschaftliches Spiel. Diesmal war es Mo, der mit dem Küssen gar nicht mehr aufhören wollte und Nils, der endlich darauf drängte, dort weiterzumachen, wo man auch richtig zur Sache gehen konnte. Diesmal brauchten sie nicht zwei Minuten bis zu Nils' Wohnung, sondern eine Stunde, da sie ständig anhielten, um sich zu umarmen und wild zu küssen. Die Stockwerke kletterten sie eher hoch, als dass sie liefen, fingen einander immer wieder ab, knutschten, kniffen, drängten sich an den anderen, ließen ihn die Härte spüren, um ihn heiß zu machen, liefen dann davon, ließen sich wieder einfangen. Sie alberten herum und wurden dabei immer wilder aufeinander.

Die Tür zu Nils' Wohnung war noch nicht richtig geschlossen, da hatten sie sich schon die T-Shirts vom Leib gerissen und knöpften die Jeans auf. Polternd, schnaufend und schmatzend taumelten sie durch den Flur und warfen in ihrer wilden Gier wieder ein Bild von der Wand, das zu Boden krachte und zersplitterte. Es war das letzte, das noch gehangen hatte. In Zukunft würden sie nur noch Poster anbringen.

Sie schmissen sich aufs Bett, streiften rasch die noch verbliebenen Kleidungsstücke ab und pressten ihre nackten Körper aneinander. Dabei brummten und stöhnten sie, kämpften miteinander darum, wer wen zuerst an den Rand des Wahnsinns bringen durfte, indem er den Mund über die Nippel stülpte und sie mit der Zunge neckte. Mo grapschte sich Kondom und Tube vom Boden, drückte sie Nils in die Hand und warf sich auf den Bauch. Mit vor Erregung zitternden Fingern streifte Nils das Gummi über, kleckste etwas Gel auf seine Finger und schob sie Mo in den Hintern, um ihn vorzubereiten. Mo stöhnte, ächzte, trieb sich ihm willig entgegen. Nils mochte, wie sich der Muskel seines Freundes um die Finger schloss, aber noch geiler fand er es, wenn er mit seinem Schwanz in ihn eindrang, die Enge seinen

Schaft massierte. Nils stieß zunächst sanft, dann härter zu, gab sich dem drängenden Rhythmus hin.

Wie es sich wohl anfühlte, penetriert zu werden? So wie Mo dabei abging, wie er nach mehr forderte, es immer wilder und härter mochte, schien es wohl ziemlich geil zu sein. Vor allem wenn Nils mit dem Schwanz, und manchmal auch mit den Fingern, die Prostata stimulierte, ging Mo richtig ab, zuckten erregte Schauer durch seinen Körper.

So auch jetzt. Mo krallte sich ins Laken, grunzte, stöhnte, ächzte, presste seinen Kopf ins Kissen und seinen perfekten, vom Klettern definierten Rücken überzog ein glänzender Schweißfilm. Als er kam, spannte er alle Muskeln an, was bei seinem Körper einfach göttlich aussah. Mo bäumte sich auf und schrie seine Lust hinaus, nahm Nils mit, der sich im orgiastischen Krampf noch tiefer in Mo hinein trieb. Berauscht, schnaufend und selig sanken sie in die Matratze. Wow.

Noch immer wurde es mit jedem Mal besser und der Orgasmus fühlte sich von Mal zu Mal etwas anders an. Interessant war, dass für Nils jeder Höhepunkt eine bestimmte Farbe und eine gewisse Haptik besaß – die mit dem erlebten Sex nichts gemein hatten. Manchmal war er gelb und glatt, dann rot und rau, manches Mal war es wie über den groben Stoff eines Sofas zu streichen, dann wieder drängte sich die Beschaffenheit und Farbe eines alten Ledersitzes in sein Bewusstsein. Synästhetische Wahrnehmungen nannte man das.

»Wie war es diesmal?«, fragte Mo meist, wenn sie danach ganz verknotet dalagen.

»Weiches, dunkelgrünes, feuchtes Moos«, beschrieb Nils dann zum Beispiel. Manchmal war es aber auch der grellrote Lack eines Lastkraftwagens oder die flirrende Luft über einer asphaltierten Straße im Hochsommer. Warum das so war, wusste Nils nicht, aber Mo behauptete, dass er ihn darum beneide.

Mo lag zwischen Nils' Beinen, die Arme um seine Hüften geschlungen und hauchte kleine Küsse auf den flachen Bauch. Nils hatte die Arme hinter dem Kopf verschränkt und befühlte mit dem Daumen den Ringfinger – besser gesagt, den schlichten, silbernen Ring. Er lächelte vor sich hin. Wow, er war ... verlobt! Definitiv hatten keine seiner Fantasien und Träume jemals so weit gereicht. Davon abgesehen, dass er hierzulande keinen Mann heiraten konnte, hätte er niemals gedacht, dass jemand ausgerechnet ihn wollte.

»Ich will dich spüren. In mir«, gestand Nils und wurde kurzatmig. Prompt drückte sich seine Erektion gegen Mos Brust.

Stille.

»Wirklich? Ich meine ... jetzt?«, fragte Mo heiser, ächzte erregt.

Die Aufregung jagte einen Schauer nach dem anderen durch Nils' Körper. »Ja.« Wums – sein Schwanz schlug noch härter gegen Mos Brustbein.

»Bist du dir ganz sicher?«, fragte sein – Zukünftiger – aufgewühlt und kletterte an Nils hoch. Dabei küsste er Brust und Hals, nahm Nils' Kinn in den Mund und schabte mit den Zähnen leicht darüber, knabberte daran, saugte.

Nils' Lippen zitterten überwältigt. Er liebte es, wenn Mo das tat, und brummte wohlig. Die Vorstellung, dass Mo gleich in ihn eindringen würde, erregte ihn so sehr, dass sein Muskel zuckte, seine Hoden sich erregt zusammenzogen, sein Schwanz heftig pochte.

»Ja, ich bin mir *ganz* sicher«, keuchte Nils und Mos Lippen fingen seine, ihre Zungen fanden sich, und während sie in einen leidenschaftlichen Kuss versanken, drängte Mo sein Becken gegen Nils, um ihm zu zeigen, wie heiß er darauf war, ihn gleich zu nehmen.

»Ich bin ganz vorsichtig – und du kannst jederzeit stopp sagen«, raunte Mo und griff nach Kondom und Tube.

Nils bekam einen nervösen Stich im Bauch, als er die Utensilien sah. Er wollte sich auf den Bauch rollen doch Mo hinderte ihn daran.

»Bleib so liegen – ich will dir dabei in die Augen sehen.« Er klappte den Deckel der Tube auf und träufelte einen Klecks auf seine Hand.

Nils' Herz klopfte bis zum Hals. Er spreizte die Schenkel und winkelte die Knie an. Mit großen Augen beobachtete er, wie sich Mos Hand ihm näherte. Im nächsten Augenblick spürte er das kühle Gel zwischen seine Pobacken gleiten. Erregt stöhnte er auf und warf den Kopf ins Kissen. Behutsam massierte Mo die Ritze und befühlte den Eingang. Nils ächzte in der Erwartung, gleich würde in ihn eingedrungen, zog instinktiv den Muskel zusammen. Langsam und vorsichtig schob sich ein Finger in ihn und Nils war überrascht, wie – geil sich das anfühlte. Er hatte mit

Schmerzen gerechnet – aber das hier ... Er wimmerte, ein Schauer durchzuckte seinen Leib, er krallte sich ins Laken. Mo ließ sich Zeit, massierte ihn ausgiebig, reizte ihn mit schnelleren Bewegungen, wiederholte den Akt des Einführens immer wieder, indem er den Finger völlig aus ihm herauszog und wieder tief in ihn einführte.

Nils wand sich, jaulte, hob mal erstaunt den Kopf, warf ihn ächzend ins Kissen. Mo tastete nach der Prostata und begann sie zu massieren. Das war fast zu viel des Guten. Nils stöhnte überwältigt auf, kippte das Becken, wollte mehr, viel mehr. Ein zweiter Finger schob sich in ihn, erhöhte den Reiz der Stimulation und Nils befürchtete, gleich abzuspritzen. Er stand so verdammt kurz vor einem gigantischen Orgasmus.

Mo zog seine Finger heraus. »Sieh mich an.«

Nils blinzelte. Mo kniete zwischen seinen Schenkeln, sein ganzer Körper war angespannt, jeder Muskel, jede Sehne wölbte sich unter der verschwitzten Haut. Er sah so verdammt heiß aus, und sein Blick erst! Dunkel und wild vor Erregung. Seine Eichel drängte sich fordernd zwischen Nils' Pobacken und drückte sich gegen das enge Loch. Nils' Augen weiteten sich erstaunt, als der dicke Schwanz den Muskel dehnte und sich allmählich in ihn schob. Das war ein anderes Kaliber, als die Finger! Das ging bis an die Schmerzgrenze und darüber hinaus, brannte ein bisschen. Nils versuchte, sich mit den verstörenden Gefühlen, die die Penetration auslösten, vertraut zu machen. Wow! Er hatte Mo in sich aufgenommen! Der Gedanke machte ihn ganz schwindelig.

»Ist alles in Ordnung? Soll ich weitermachen?«, ächzte Mo fürsorglich. Schweißperlen standen auf seiner Stirn, die Zurückhaltung kostete ihn einige Anstrengung.

»Ich liebe dich«, stöhnte Nils als Antwort.

Überrascht riss Mo die Augen auf, dann strahlte er übers ganze Gesicht. »Nils, mein Lieber, Lieber, Lieber, ich dich auch!« Er fing Nils' Mund für einen wilden, leidenschaftlichen Kuss und begann sich langsam ihn ihm zu bewegen.

Nils hob die Beine an, klammerte sie um Mo, verschränkte die Fersen auf dessen Rücken und wurde immer verrückter danach, seinen Freund tief und hart in sich zu spüren. Bald vergaß Mo seine Zurückhaltung, ließ sich gehen, sein Becken folgte dem wollüstigen Rhythmus wilder Begierde und er rammte seinen Schwanz immer schneller, immer tiefer in Nils' Arsch. Animalisch, wie von Sinnen, trieben sie dem Höhepunkt entgegen, umklammerten einander, verschmolzen zu einem einzigen dampfenden, brüllenden, zitternden Leib, an dem dicke Schweißtropfen herunterliefen.

Eng umschlungen, ihre Leiber fest aneinandergepresst, die Lippen noch in zärtlicher Berührung, fielen sie in einen tiefen Schlaf.

# 19| Fans

## ... SO ETWAS WIE GEMÜSE ...

Die Sonne brannte herunter. Von der Bühne her drang der Sound von Schlagzeug und E-Gitarren sowie das Jaulen eines Musikers, der sich für einen Star hielt, obwohl ihn hier kaum jemand kannte. Das war eine der vielen Vorbands, die ihre Auftritte durch lokale Wettbewerbe erkämpft hatten. Vielleicht überzeugte diese Band auf einer kleinen Bühne vor zweihundert Leuten, die begeistert waren, dass jemand aus ihrem Bezirk eine Gitarre in einen Verstärker stöpseln konnte – aber nicht das Festivalpublikum – zehntausende Menschen, die auf die ganz großen Gigs warteten.

Nils blickte auf das Menschenmeer hinunter, das bunt und fröhlich hin und her schwappte. Überall hatten sich kleine Inseln gebildet, wo Gruppen herumlagen, miteinander quatschten, dösten, tranken, aßen. Es roch nach Pommes, Sonnencreme und illegalen Substanzen.

»Hey!«, rief jemand neben Nils. Ein Kerl, höchstens fünfundzwanzig, mit einem schwarzen T-Shirt, auf dem ein Schwein verblutete, schnippte mit den Fingern, um Nils' Aufmerksamkeit zu erlangen. »Seid ihr auch in sechs Wochen beim Veganmania?«

»Äh!«, machte Nils und blickte unschlüssig auf die Folder in seiner Hand. Der Verein war diesen Sommer mit der Kletterwand auf so einigen Veranstaltungen, aber die genauen Daten hatte er nicht im Kopf.

»Ähm, keine Ahnung«, rief Nils, »Da muss ich meinen Mann fragen.«

Der Typ hob überrascht die Augenbrauen und Nils drängte sich an der Warteschlange vorbei zu Mo. Der legte gerade einem Mädchen mit strohblonden Haaren und einem Nasenpiercing den Klettergurt an und gab wohl zum hundertsten Mal am Tag Instruktionen. Dabei wirkte er wie immer gut gelaunt, schien richtig Spaß zu haben, gab jedem Einzelnen das Gefühl, er wäre etwas Besonderes. Laut Mo traf das auch zu. Es wurde ihm einfach nicht zu blöd. Er liebte Menschen und ihre Vielfalt, Nils dagegen machten sie eher Angst. Wie viele der Wartenden hier wohl wirklich am Klettern interessiert waren, oder nur mal mit Ian Yery ein Wort wechseln wollten? Einigen Mädels sah sogar Nils an, dass sie eher an dem Mann interessiert waren, als an der Wand. Kein Wunder, Mo sah überwältigend aus und er war auch noch supernett.

Mittlerweile trug er sein Haar lang und hatte es im Nacken zusammengebunden, damit es beim Klettern nicht störte. Nils' Blick glitt über den Hintern, der in der engen Hose mehr als nur knackig aussah, und die muskelbepackten, sehnigen, braungebrannten Beine seines Mannes. An Mos Hand reflektierte ein silberner Ring das Sonnenlicht, aus seiner Frisur hatte sich eine Strähne gelöst und störte ihn. Auf der schweißglänzenden Stirn machte sich allmählich ein Sonnenbrand bemerkbar. Mo spürte Nils' Blick, entschuldigte sich bei dem Mädel und wandte sich ihm zu.

»Ist etwas?«, fragte er.

»Weißt du eigentlich, wie heiß du bist?«, murmelte Nils selbstvergessen. Es war weniger eine Frage als eine Feststellung.

»Selber«, raunte Mo, legte die Arme um Nils, packte seinen Hintern und drückte zu. Er fing die Lippen seines Mannes ein und verwickelte ihn in einen Kuss, der ein bisschen zu weit ging. Andererseits ... Mo löste sich von Nils und grinste anzüglich. Was er dachte, sprang ihm förmlich aus dem Gesicht. Nils wurde rot, immer noch, und sein Schwanz drückte sich gegen den Hosenstall. Mo glotzte ihm in den Schritt und grinste noch breiter.

»Eigentlich hatte ich eine Frage«, nuschelte Nils. »Oder eher – der da.« Er nickte zu dem Typen, der neugierig herüberstarrte. Mo begleitete Nils, erklärte dem Typen, was er wissen wollte, drückte Nils noch einen Kuss auf und raunte ihm ins Ohr: »Wenn Tamara die Schicht übernimmt, bist du fällig.« Er grinste anzüglich, schwirrte davon und kümmerte sich wieder um das Mädel. Nils konnte keinen klaren Gedanken fassen, brauchte ein bisschen, ehe er realisierte, dass dieser Kerl immer noch neben ihm stand.

»Dein ... Mann ... sieht voll aus wie Ian Yery«, sagte er.

»Kann sein«, murmelte Nils und wollte sich abwenden, aber der Typ zupfte ihn am Ärmel. Nils drehte sich nervös um und blickte ihn unsicher an. Von Fremden angesprochen zu werden, war für ihn nach wie vor Stress, daran hatte sich nichts geändert.

»Seid ihr wirklich verheiratet?«, fragte der Typ und wies dabei mit dem Kinn Richtung Mo, der dem Mädel offenbar gerade erklärte, wie man Klettergriffe benutzte.

Nils nickte gedankenverloren.

»Geil!«, sagte der Typ, hielt kurz inne und fragte dann: »Das geht?«

»Alles geht«, murmelte Nils wider besseren Wissens. Sie hatten zwar letztes Jahr mit Freunden und Bekannten ihre Hochzeit gefeiert – aber staatlich anerkannt war sie nicht. Nein, es ging nicht *alles*. Immer wieder wurden sie gefragt, warum sie denn keine eingetragene Partnerschaft eingingen, das wäre doch eh *so etwas wie ...*, und Mo antwortete dann:

»Und, warum isst du keine Bäume? Ist ja eh so etwas wie Gemüse.«

Der Typ bedanke sich und verschwand in der Menge. Nils ließ seinen Blick über das Gelände schweifen und beobachtete die vielen Menschen. In einiger Entfernung entdeckte er einen stillen Kerl, der etwas abseits saß und verloren durch die Gegend blickte. Er erinnerte Nils an sich selbst, als er vor sechs Jahren an fast genau der gleichen Stelle gesessen und Mo von der Ferne angehimmelt hatte. Nils wurde ein bisschen traurig. Wie viele auf dem Festivalgelände teilten wohl das Schicksal, mit knapp dreißig oder darüber noch ein Hardcore Absolute Beginner zu sein? Mehr, als man wahrhaben wollte. Und kaum einer von ihnen gab es zu, aus Angst vor

Spott, unsensiblen Ratschlägen oder Streichen. Nils wünschte ihnen allen, dass sie ebenfalls bald einen Menschen wie Mo fanden, der ihnen zeigte, wie schön die Liebe sein konnte.

# Weitere Bücher von Kooky Rooster

**ER IST TABU, MANN!**
Als Moritz die Wahrheit über Philipp erfährt, flüchtet er Hals über Kopf aus seinem Heimatkaff in die Großstadt. Glücklos oszilliert er zwischen Büro, Fitnesscenter, Gay-Clubs und Therapie hin und her und versucht verzweifelt, mit One-Night-Stands, Alkohol und Sportexzessen seiner Gefühle Herr zu werden. Vergeblich. Philipp ist sein Atem, sein Puls, sein Denken, sein Fühlen. Er ist alles für Moritz. Vor allem aber ist er Tabu. Doch dann erreicht ihn eine schlimme Nachricht von zu Hause und Moritz muss wieder in die Heimat zurück …

**KEIN SCHWULER LAND**
Zwischen Homophobie und Sehnsucht – schwule Liebe auf dem Land. Johan ist der ungekrönte König der Dorfjugend. Jedes Wochenende führt er seinen Hofstaat von einer Dorfdisco zur nächsten und spielt den homophoben Macho, der gerne Fäuste sprechen lässt. Doch sonntags sitzt er brav mit seinen Eltern beim Seilerwirt und schmachtet heimlich Stefan an, den Sohn des Hauses. Für ihn trägt Johan zum Essen das gute Shirt und absolviert einen vormittäglichen Körperpflegemarathon. Zu seinen Gefühlen stehen kann er jedoch nicht, denn in Johans Heimat ist man nicht schwul …

**TOTE POETEN UND PICKELSTIFT**
Während sich die Mitschüler ins pralle Leben stürzen, verkriecht sich Erik in seinem Zimmer und schreibt erotische Liebesgedichte. Dass er im vergangenen Jahr vom kleinen Fettsack zum schönen Schwan gereift ist, hat er noch nicht verinnerlicht. Den Blick gesenkt eilt er durch die Schulflure und hofft, unsichtbar zu sein – außer für Jonas, den coolen Typen mit dem Motorrad und der schwarzen Lederkluft. Seinetwegen tritt er der Theatergruppe bei und brilliert in der Rolle des Cyrano. Seinetwegen weiß er auch, wie es ist, sich nach jemandem zu verzehren, den er nicht kriegen kann. Denn Jonas ist Lehrer, mit Haut und Haar. Niemals würde er seine Karriere für eine Affäre mit einem Schüler aufs Spiel setzen. Allerdings hat Jonas eine Schwäche für Poeten und Erik ist ein Poet ...

**BEN**
**LIEBE AM ABGRUND**
Ben ist einundzwanzig, Automechaniker, Sprayer, Bettnässer. Er ist generell zu nah am Wasser gebaut, errötet zu schnell, wiegt zu wenig, hat genug. Wenn das Tier schläft, streicht er am Bahndamm herum und besprüht verwitterte Wände. Er ist im Widerstand. Ihn treibt eine Mission. Alles, was er fürchtet, hasst, ihn vernichtet, trägt eine Uniform. Alles, was er braucht, liebt, ihn rettet, trägt eine Uniform. Das Grauen hat einen Namen: Jochen. Die Liebe hat auch einen Namen: Paul.

**SATELLIT**
**LIEBE IN DER UMLAUFBAHN**
Der scheue Max kreist wie ein Satellit ständig um Sandra und Thomas herum und stellt damit deren Beziehung auf eine harte Probe. Um den lästigen Dauergast loszuwerden, beschließt Sandra, ihn mit ihrer besten Freundin Nicole zu verkuppeln. Max hat allerdings kein Interesse an der rassigen Schönheit, sondern ein Auge auf Thomas geworfen.

**ILTIS**
**RÄUDIGE HUNDE**
Erik, aufstrebender Juniorchef einer großen, traditionsreichen Firma, hat über die Feiertage seinen ehemaligen Studienkollegen Iltis eingeladen, einen liebenswerten Chaoten im Widerstand gegen den Kapitalismus und gesellschaftliche Normen. Das lang ersehnte Treffen weckt allerdings nicht nur Erinnerungen an Diskussionen über Systemtheorie ...

**DER KUSS**
**DIE GANZE SERIE**
Ein schwüler Sommernachmittag vor der Konsole, mit seinem coolen Nachbarn Lukas, endet für den siebzehnjährigen Michael in einer kopflosen Jagd nach der Liebe. Was als einfacher Kuss beginnt, weckt in den beiden Jungs nicht nur eine ungeahnte Leidenschaft füreinander, sondern auch eine ganze Menge Ängste und Missverständnisse.

## ZUVIEL
### DICK, SENSIBEL UNGELIEBT

Der zart besaitete, übergewichtige Wolfgang weiß, wie sich Mobbing anfühlt, nicht aber, wie es ist, geliebt zu werden. Eine temporäre Personalrochade in der Firma gibt ihm die Chance, seinem Schwarm, dem ebenso hübschen wie verpeilten Simon, näher zu kommen.

## STIEFBRUDER
### LIEBE MEINES LEBENS

Clemens hat sich in seinen zwei Jahre älteren Stiefbruder verliebt. Doch ehe daraus etwas entstehen kann, trennen sich ihre Eltern und Clemens muss mit seinem Vater weit weg ziehen. Das Band zwischen den Stiefbrüdern Clemens und Jakob war schon immer stark, aber kann es auch die große räumliche Trennung überstehen?

## REINGEKRACHT
### FAMILIEN-BULLSHIT-BINGO

Familienfeiern sind für Singles ein Horror. Nino und seine Schwester Julia spielen deshalb „Single-Bullshit-Bingo", bei dem derjenige gewonnen hat, dem zuerst die fünf nervigsten Fragen gestellt wurden, die man Singles auf Familienfeiern stellt. Diesmal allerdings, muss Nino alleine spielen, denn Julia bringt ihren neuen Freund Patrick mit. Blöd nur, dass sich Nino Hals über Kopf in ihn verliebt.

**FAHR ZUR HÖLLE ... BESINNLICHE ZEIT**

Jede Weihnachten legt Thomas alleine die Strecke von tausend Kilometer zurück, um mit seiner Familie Weihnachten zu feiern. Dieses Jahr allerdings hat er einen unvorhergesehenen Mitfahrer: Tobias, den einzigen Mann, der den sonst so besinnlichen Thomas auf die Palme bringen kann.

**DIE WIEDERKEHRER**
**MÄNNER WEINEN NICHT**

Stell dir vor, am Ende deines heterosexuellen und etwas außer Kontrolle geratenen Lebens, triffst du auf deinen sexsüchtigen, alkoholabhängigen Schutzengel, der im Zuge des 12-Stufen Programms an dir eine Wiedergutmachung leisten will. Allerdings stellt er eine Bedingung: Du sollst einen Mann lieben!

**FUCK**
**EIN MECHATRONIKEROTISCHER ROMAN**

Simon ist ebenso unsterblich wie heimlich in Leopold verknallt – den hübschen Kollegen mit dem Viagrablick. Leider ist er ist zu feig, ihn anzusprechen. Doch dann materialisiert sich in seinem Bad ein über drei Meter großer Roboter und gewährt ihm drei Wünsche.

**KUSSBILANZ**
**KURZGESCHICHTEN – BAND 1**

Wissen Sie, wie es ist, wenn man liebt? Vermutlich. Vermutlich wissen Sie es. Aber wissen Sie, wie es ist, wenn man jemanden liebt, den man nicht lieben darf? Diese und ähnliche Fragen stellen sich die Protagonisten in den vorliegenden Kurzgeschichten. Gesellschaftliche Konventionen, Scham oder Angst – es gibt immer einen Grund, seine Sehnsüchte zu verbergen. Wie Basti, der Liebe für eine Verschwörungstheorie hält, Marius, der bereits mit siebenundzwanzig Jahren überzeugt ist, nie wieder zu küssen, ein Laborassistent, der sich zwanzig Jahre lang heimlich nach seinem Professor verzehrt, das Wiedersehen alter Freunde, die verschiedener nicht sein könnten, und ein Neurotiker, der Diagnosen und Nebenwirkungen ebenso leidenschaftlich sammelt, wie Kussvideos. Ungewöhnlich, bittersüß, herzzerreißend und ein bisschen abgedreht – wo Kooky draufsteht, ist Kooky drin.

## KUSSBILANZ
## KURZGESCHICHTEN – BAND 2

Was haben das Appell-Ohr, der Butterfly-Effekt, eine Straight-Parade, Türrahmen und Fiona gemeinsam? Liebeskranke Männer, die auf Männer stehen und dabei den einen oder anderen etwas neurotischen Umweg nehmen. So wie Lukas, der sich freiwillig für ein Schulprojekt meldet, in dessen Rahmen er einen Jungen küssen muss; oder Pauls Nachbar, der nach dem Schauspielunterricht eine mehr als verstörende Affäre mit Türrahmen eingeht; Theo, der auf sein Recht pocht, kein Privatleben haben zu müssen, um einen Partner zu finden; und ein experimentierfreudiger Student, der im Was-wäre-wenn-Spiel seines Kommilitonen verlorengeht. Und schließlich gibt es da auch noch diese etwas andere Welt, in der sich Heteros outen und um ihr Recht auf Ehe und Elternschaft kämpfen müssen. Kussbilanz Band 2 darf man als den fröhlicheren aber nicht weniger herznahen Bruder des ersten Bandes verstehen.

240